阿毛的诗歌地理

看这里

阿 毛 ◎著

长江出版传媒 | 长江文艺出版社

阿 毛

大学哲学专业毕业。做过宣传干事、文学编辑，2003年转入专业创作。武汉市文联专业作家。2009—2010年度首都师范大学驻校诗人。主要作品有诗集《我的时光俪歌》《变奏》《阿毛诗选》（汉英对照）、散文集《影像的火车》《石头的激情》《苹果的法则》、中短篇小说集《杯上的苹果》、长篇小说《谁带我回家》《在爱中永生》等。作品入选多种文集、年鉴及读本。曾获多项诗歌奖。部分作品被翻译成多种文字。

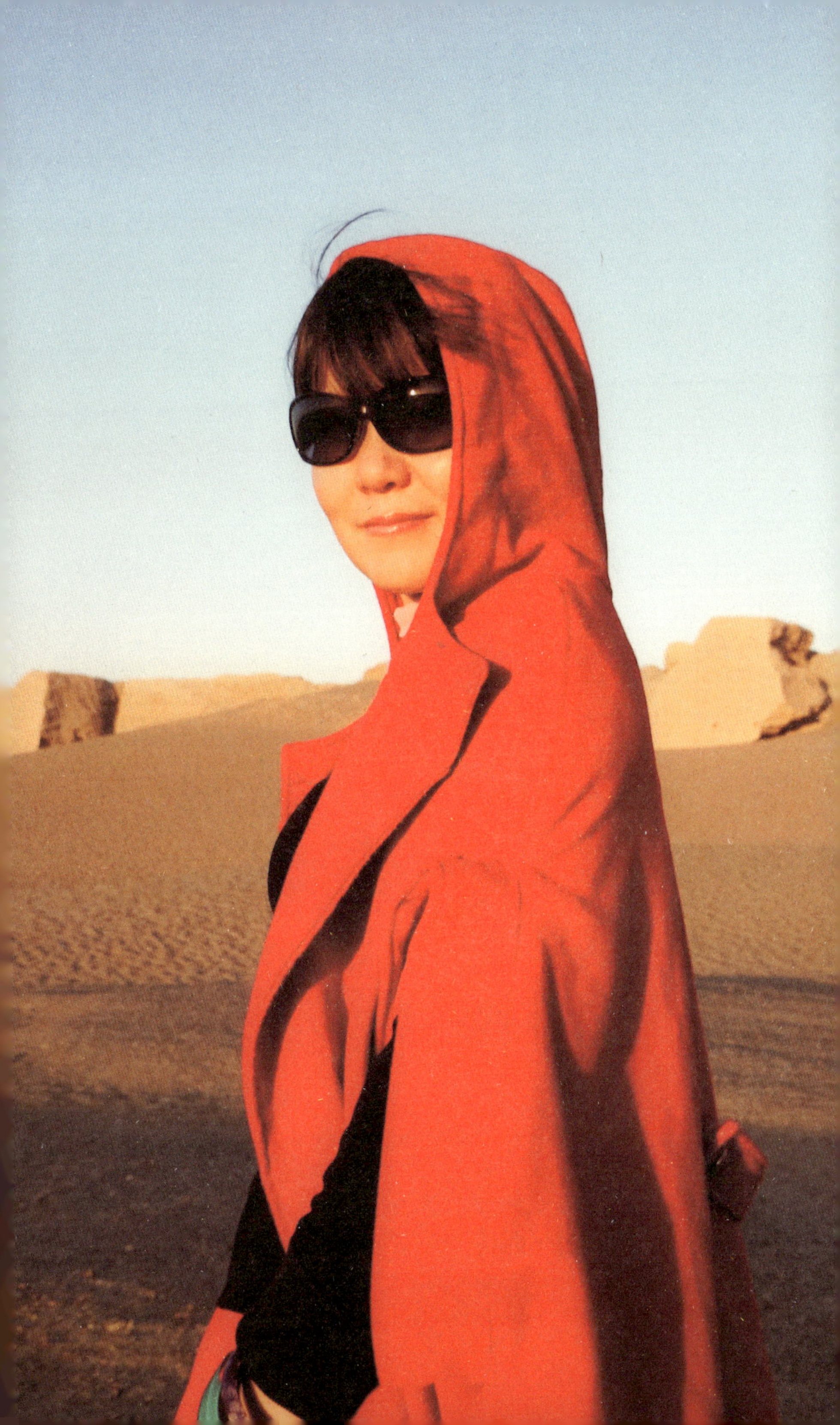

目 录

第一辑 吹往故乡的风

不断飘落的雪 / 3
故园 / 4
病因 / 5
家乡 / 6
不下雨的清明 / 7
稻草人说 / 8
回故乡 / 9
血管里有一列火车 / 10
萤火虫 / 11
镜子上的雨滴 / 12
童年和谐园 / 13
往，返 / 15
田园 / 16
吹往故乡的风 / 17
致亡父 / 18
清明祭 / 19
偏居 / 20
离乡 / 21
藏白鹭 / 22

居山猫 / 23

猫山茶海 / 24

杜鹃已过盛花期 / 25

古银杏树 / 26

寒露以来 / 27

沙湖芦苇荡 / 28

露珠与河床 / 29

冬天里 / 30

窗前看雪 / 31

格桑花语 / 32

太子山 / 33

水边的阿狄丽娜 / 34

花海上的远方 / 35

拍摄半边荷塘 / 36

帐篷节观花海 / 37

爱莲说 / 38

向日葵 / 39

写意鸟 / 40

柔美而孤独的 / 41

有感于三峡大坝建成后 / 42

第二辑　以风筝探测高远的天空

奢侈 / 45

从街道口开始的纪念 / 46

我生活之外 / 47

将进冬 / 49

傍晚十四行 / 50

艺校和大排档 / 51

从茶馆到书店 / 53

理想矫正现实 / 54
从芦苇丛到咖啡馆 / 56
速写午间小区 / 57
在丽岛紫园 / 58
艺校一景 / 59
中午烟霾中的公汽 / 60
露天游泳池即景 / 61
修正 / 62
移花术 / 63
来自饺子馆与书房的观察报告 / 64
将失明 / 65
以风筝探测高远的天空 / 66
登高 / 67
校园内外 / 68
暴雨之后 / 69
到汉口北见娜夜 / 70
李白江上短信汪伦 / 71
今日的宝通禅寺 / 73
昙华林 / 74
老房子临街 / 75
乌桕树下 / 76
汉口假日 / 77
春日下午的琴台 / 78
长江两岸的星空 / 79
植物园赏郁金香 / 80
花树下的石头 / 81
完整 / 82
昙华林的光 / 83
尘缘 / 84
视域 / 85

心,乌托邦 / 86

方圆中华门 / 87

在和平公园 / 88

403 国际艺术中心 / 89

圆月在上 / 90

武汉园博园 / 91

物外,传奇 / 92

湖边的破坏仪式 / 93

结香 / 94

空镜头 / 96

汉口里 / 97

方位 / 98

画春光 / 99

彭于晏,看这里 / 100

东湖丽日 / 102

早春的紫叶李路 / 103

医院隔壁有禅寺 / 104

菜薹颂 / 105

花泥路 / 106

迎春花的午后 / 107

第三辑 奔向远方的铁轨

远行 / 111

火车驶过故乡 / 112

途中的美学 / 114

奔向远方的铁轨 / 116

剪辑火车和水波 / 117

火车在纸上轰鸣 / 118

纸上铁轨 / 119

我所说的火车 / 120
断桥 / 122
九寨沟 / 123
黄山诗 / 124
西出阳关 / 125
岸 / 126
女性主义清洁工 / 127
输入性 H1N1 流感 / 128
夜间北京 / 129
高大的白杨树 / 130
在图书馆伐木 / 131
在大觉寺谈起鼓浪屿 / 132
比较学 / 134
大瀑布 / 135
可可,西里 / 136
重庆 / 137
中山陵园 / 138
金山寺 / 139
西津渡 / 140
深圳 / 141
火车驶过隧道 / 142
铜陵 / 143
深圳胡桃里海上店 / 144
远山 / 145
国画 / 146
观大小空山有感 / 147
和顺小巷 / 148
烹茶铁壶 / 149
赌石 / 150
梦中汴梁 / 151

延村聊斋 / 152

万物生 / 153

小孩提问承德避暑山庄 / 154

兴隆雾灵山 / 155

围场滚坡 / 156

花果山庄 / 157

开往西伯利亚的双鱼座 / 158

西伯利亚荒原 / 159

乌兰巴托 / 160

爱上穿风衣的卡夫卡 / 161

为玛雅配诗 / 163

阿赫玛托娃的披巾 / 165

第四辑　看这里

北疆组诗 / 169

青海诗章 / 177

上海诗章 / 181

甘蒙诗章 / 186

阿尔山诗章 / 194

内蒙古诗章 / 200

欧洲诗章 / 208

埃土诗章 / 218

俄罗斯诗章 / 225

美国诗章 / 231

尼泊尔诗章 / 241

大孤山也可以是大别山 / 251

广西诗章 / 260

附：阿毛创作年表 / 265

跋 / 273

第一辑 吹往故乡的风

不断飘落的雪

我能从石头里
唤出一个灵魂来呼应它的纯洁

却无法阻止身体里
不断出发的火车……

2009 年 12 月 28 日

故　园

出行不慎：
我在一个晚上遗失了
一个世纪的浆果，和两个世纪的爱情。
半颗心在上个世纪的风中，
半颗心在这个世纪的雨里。
这是事故，被时光之海
藏匿了黑匣子的事故。
祖国的山河依旧，
而爱人的衣衫破碎，绯红消失……
哦，那些黑着脸的时光，黑着脸的阴影。
狂风来不来，你都会悲鸣，
音乐来不来，你都会哀泣。
所以，我不阻止风，和音乐，
但要阻止眼泪掉入尘埃中……

2006 年 5 月 17 日

病　因

这些年，兄弟姐妹们
都到了城市，无人
去打理乡村，和破损的风筝。

桃花很快就谢了，油菜花
那么无力，像乡村
空下来的老屋。

祖坟，也疏于照料，
只在年关或清明，
才有拜祭的子孙。

……老了，我爱过的都老了，
路变窄了，河变浊了。

我在没有乡音的
都市，空落落的心里总是疼，
眼泪，成为身体的另一种形式。

这些和那些，
一并成了我的心病。

为了被医治，我不间断地
发狂，写诗。

2007 年 4 月

家 乡

货车驶过碎石路,
一个肉身的外来词,像部分的
伦理学和美学,
抚摸着乡村的面颊。

田野有许多颜色,和它的阴性形式:
大米、白菜、鸡、鸭、鱼……
去填充城市巨大的胃。
它是这些食物,而不是任何人
的家乡。

像一些奇怪的消化器,
我们吞下它们,又吐出。

后工业时代,
令那些粗糙的喉管,和细密的黏液,
也不当它是亲戚。

2007 年 4 月

不下雨的清明

春风不识故人面。

轿车的尾气,蜿蜒千里……
垃圾工的铁钳,
没能钉住几只飞舞的塑料袋,
和大把的纸钱。

风的赋格曲,万种事物的裸舞,
和心灵提问。

绕过那坟茔,那丛花,和它们的回声,
一群青年在一个盛大仪式后,
跳恰恰。

他们的舞步,和明媚的春光,
令故道上过来的人,把断魂之日,
看成快乐的节日。

2007年4月

稻草人说

这些草垛,这些黄金和火焰的赝品,
是农人的垫絮,耕牛的冬食,
和孩子捉迷藏的道具……

这些味道弥漫记忆的原野。

稻草人站在农田里甩动水袖:
"为了赶走那些鸟类,
我练就了一身的绝艺。"

"你也成为悍妇,
以针尖对麦芒,以刀子嘴对豆腐心。"

"蚂蚁扛来米粒,住在我草包般的肚子里,
演奏没有声音的音乐,给我听。"

强悍不仅仅是白天的,
夜晚以滴水穿石的决心,落下露珠……
没谁怕这受凉的身体。

最毒人心。

2006 年 11 月 7 日

回故乡

不见旧时堂屋筑巢的燕子回来
只见乌鸦睁着寒目呆立

翁妪神情空洞迷茫
孩童痴迷手机游戏

无人瞥见我鬓发斑白
亦无人笑问客从何处来

唯有空屋里的一只老鼠跳来
伴随我拜祭爬满野草的坟茔

亲爱的老鼠,老猫不在了
它的后裔也不抓你了

你没有好玩的伙伴做游戏了
我也没有亲人为我送行

夜色降临到蝉蜕的空壳上
我们就此别过

2011年9月4日

血管里有一列火车

我的血管里有一列火车
沿着天生的线路图奔跑
童年挖的隧道、弹坑
不是荨麻疹

祖母静脉里抽出的血
救了路人，却疏了至亲
身体里漏出的飓风
成就了途中的摇摆——

由潜江进沔阳
祖母带来雕花婚床
四岁的伯父
由天门北山送人
后从台湾归来——

寻亲，未果
两月后，未见伯父的
奶奶走了

——火车还没进站——
回家的人啊，你们上来！

2012 年 5 月

萤火虫

没有奶奶讲鬼故事后
萤火虫也绝迹了

我跟孩子讲记忆里的
萤火虫,在夜里

一群故人以骨骼
弹奏动听的歌曲

我双手掩面
从指缝里观看跳动的磷火

或以广口瓶
装入一盏盏闪烁的萤火

"这是我听到的最美的故事,
但是鬼在哪里?"

"奶奶的鬼故事里
没有鬼,只有灯火!"

2012年7月29日

镜子上的雨滴

阳台上看书
一群雨轻轻拍着雨阳篷
像童年叫着奶奶

奶奶给绣花的姑姑
织嫁衣

父母的翅下护着我们小人类
噼里啪啦长大

"不同的年月,不同的雨天
以同样的方式离世!"

我的文字打湿
祖母的故碑和姑姑的新坟

镜子上的雨滴,满头银发
披着祖传的婚纱

读诗,弹古琴——
以童音珍存
岁月和它的伤痕

2012 年 11 月 20 日

童年和谐园

小狗在门前逗弄小猫
水牛在柳树下嚼嫩草

奶奶在后园摆弄稻草人
赶麻雀

哥哥上学堂了——
他长大后要当老师

母亲在村前村后喊弟弟
父亲在水塘里打捞

呼喊声如开水炸锅了
我没有急得跳脚

一边喊弟弟的名字
一边看摇头晃脑的花朵追着蝴蝶

弟弟在前湾树林里掏鸟蛋
在树杈间睡着了

醒来后回到家
父亲拿着竹竿要打他

母亲挺着七个月的孕肚

护住他

突然母亲肚疼不已——
小弟踹了淘气的哥哥一脚

有只蝴蝶不在花朵上醉眠
而在青石上小栖

姐姐从闺房里出来
倚着墙裙绣蓝天

地上有无数尖锐的石头
有树叶披覆的道路

2013年1月8日

往,返

哪条路都是走到黑
通往武汉的大路、回到毛场的小途

货车、轿车和火车
进城的鱼米、回乡的兄弟

风中飘霜,飘雪
飘鹅毛,也飘芦苇花

天鹅在如镜的水面上睡眠
或在起伏的波浪上游弋

行吟者走出边境线
梦回故园

我眷恋背影里的纯真和古代
坚守非物质和走夜路的勇气

后面是满怀激情的高音童声
前面是深沉悲伤的低音老声

可以盲听
可以节外生枝、死后复生

2013 年 1 月 19 日

田 园

诗歌是难的！

不像大棚里的反季节蔬菜
和田地里的转基因植物
那么长势迅猛！

老水牛慢条斯理
不理会左边突突的耕种机
和右边呼啸的火车
对纠缠它的蚊蝇翻白眼、打响鼻

无牧童也无牧歌
天空有飞机经过的白线而无风筝

紫白色豌豆花的眼神
令蜜蜂不辞辛劳！

老农胸口的手机响：
"母亲，农忙时节我回来几天！"

广播播报要预防旱涝
——天地无泪或泪雨滂沱

返乡也是难的！

2013 年 2 月 26 日

吹往故乡的风

没有繁叶
风打过枯枝

有人
于旷野独自踏雪

我注定是一个由北向南
将白霜吹成青丝的梦者

集结夹道的油菜花
满耳的鸟鸣

和石头一起记下这个爱者——
由北而来的风

率领一群落叶和幻影中的儿女
在你的膝下承欢

2013 年 3 月 28 日

致亡父

昨天的山毛榉
昨天的皂角树

……不能呼吸的春天和秋天

死如磐石

我爱了七七四十九天
七七四十九年
七七四十九……

死如磐石
死如磐石,从不开口!

2010 年 10 月 31 日

清明祭

扫墓队列如此之长
长到你家走廊

桃花、梨花和油菜花
和爆竹一起,在雾霾中转世

被怀念的逝者
或已出生为人世的好婴儿

——我们称你为父(母)
——我们称为你儿(女)

你老去或年轻
都在时光的子宫里

……我再一次抚摸你的墓碑
父亲

你安生的沃土
有一棵俊树长成!

2014年4月4日

偏　居

我爱走夜路回家：无需电筒探路
因我眼里有闪电照明

我爱走夜路回家：无需歌声陪伴
因我耳里有雷鸣壮胆

我尤爱在茫茫雪夜回家
孤独又白又黑，又白又黑

……我安静、富有、不出冷汗
我不是一个人

雪狐在前，她认得我
认得去我家的路

2013 年 2 月 23 日

离 乡

鸟窝在上

着桃子衫的人
过李子树

田野接着田野
山峦连着山峦

风蝶结盟
传播转基因花粉,翻卷后工业波浪

知更鸟迁徙

背井者
怀揣家谱,唱歌壮胆

2014 年 3 月 5 日

藏白鹭

穿白衣的女子
唱歌跳舞照镜子

和画画写诗的姐姐一样
爱美爱大自然

呢喃诵出轻风
足音舞出朝拜

在那喀索斯和自我的天真湖面
颂扬头顶和水底的美丽蓝天

在城市的烟霾和酸雨间
珍藏哀悼的白色闪电

2014年3月9日

居山猫

不捉鼠,不捉蝶
也不叫春

做隐者,做灵仙

以宝石眼球
转动九条命的

来世今生

在山里打会盹
给人间下场雪

猫仙爱上了
要他还俗的猫人

2014年3月9日

猫山茶海

居山之猫——绝世美人

做隐者
做恩泽茶海的灵仙

以硒元素
制造抵抗凡尘的免疫力与长寿之秘

领舞——
和风与甘露、手指与波浪

令世界被眷顾的子民与彩蝶
饮海濯身

——回到少年、青春

2014 年 3 月 9 日

杜鹃已过盛花期

宣传是世界性的，旅游是地域性的

一只有思想的虫子
把身边的草叶食成对称的艺术品

招蜂引蝶

各色鸭舌帽和蝴蝶结宽檐帽
游荡在山脊上

大喜悦撞见小悲哀——

为了反衬暮春的明媚
我特别着素衣

"走不动了，这衰花！"

已过盛花期的高山杜鹃：起球的红色披肩
和少女的脾气一样令人进退两难

这不妨碍有眼光的拍摄者
拍出喜悦和明媚的特写

2014年5月5日

古银杏树

这些石炭纪出现的土著
每年摇晃一次辉煌

我们一直相爱
就拥有了世代的繁华与黄金

我们的爱巢
是真正的空中楼阁和金屋

屋顶是金色的
屋下是金色的

苍穹、大地……呼吸和歌声
都是金色的

孤身旅行的人啊
你也是金色的

我们沐浴着古老的金辉
走在新开的路上

2015年3月7日

寒露以来

烧荒过后的半年
向日葵折下茎秆垂着头颅

紫色葡萄或蓝莓水分渐失
仿佛一个世纪没下过大雨

远方飞雪
扑到院子里来了

雪,今年愿意做白石
不愿意做雨的前生

这么大的太阳还这么冷
天穹打开它的紫光灯

紫色的我们闭眼躺在紫色的地上
世界加倍黑而冷

我们必须起来
必须抬头,跺脚取暖

2015 年 10 月 9 日

沙湖芦苇荡

一个月前它们在水里
现在它们在风中

每一条河汊都有一只搁浅的船
头朝远方

羊群在河岸,和它们身边的紫白荞麦
互致问候

我们游荡其中
拍照、发呆

禽鸟和风一起
梳理这荒美苍凉之发

天色转暗
我们起程回汉

单留这浩荡瑟索之音
在无边夜色里

2015年11月2日

露珠与河床

干燥的秋天
还可以碰到

这么多露珠
这么多摇摇欲坠的宝石

它们下落的声音
尖细而苍凉

白鹭不知道往哪儿飞
芦苇飘花不思想

是的,腐朽的黄金会经过风雪
长成翡翠

我的眼泪会流进干枯的河床
使搁浅的木船驶向远方

2015年11月4日

冬天里

候鸟已飞走。我会再次回到你的身边
会在干枯的河床或草地待上整个冬天

要有太阳月亮陪伴
还要有风雨、霜雪陪伴

我依然会穿着厚棉袍
会打盹,会喝酒写诗

回忆天真的童年,安抚迟钝的晚年
心疼臃肿的偶像和他悄然定下的

墓碑——它
以沉默和黑暗传世

我还要寻找
中途走失的亲人

是的
如果你爱我

不但要爱我的眼神
还要爱我怀抱里的阳光和夜色

2015 年 11 月 7 日

窗前看雪

就在窗前看雪吧
就像看雾霾

就在窗前看童话世界
就像看仙境（陷阱）

不要到户外去
更不要去拍雪

小心蜜或毒
小心雪崩或地震

你拍的东西有假象
我埋的东西有咒语

2015 年 12 月 12 日

格桑花语

他的相机邂逅了
一个用手机拍摄格桑花的女子

她蓝衣红裙
在阳光下有着沉醉的光影

一双羞怯的眼睛
成为穿过他心中的隐秘闪电

呼吸和头发
成为他的心率和节拍

他不懂格桑花语
却明白这个拍摄格桑花的女子

不是幻影
是爱人

2015 年 10 月 3 日

太子山

七彩光用它的偏色
拍下妙偶：小白和小白鹿

蝴蝶镜用它的蓝颜
照旅人的红裳和霓裙

王莽洞用它的幽泉
藏王者的黄金和勇猛

千足虫爬上半山坡
摘九月的黄花和红枫

彼岸花用它的传奇
连接今生和来世

太子山用它的所有
爱上万物

将红尘过曝过虚成童话
他是自然神，她是林中仙

2015年5月3日

水边的阿狄丽娜

在白鹿春的池塘边
我拍了一组非常仙的照片

微信朋友圈纷纷点赞
水边的阿狄丽娜

她头戴花环
在光影中摇曳

浑身洋溢天真与羞怯
仿佛十八岁的少女

长发和长裙的
幅度与褶皱溢满神秘和甜蜜

水边的她
也被我当作阿狄丽娜了

如果她身后的梅花鹿不是圈养
面前池塘游弋的是天鹅而不是野鸭

2015 年 5 月 20 日

花海上的远方

只有一次，我们驱车
去远方

亲爱的，只有一次
你从后面抱着我

我回过头来的眼波
翻滚成大海

反光板
反光在我的脸上

我只是你镜头里的新娘
花海上的远方

2015 年 5 月 27 日

拍摄半边荷塘

我们的车只走半边路
（另一半维修中的路用石块隔开）

半天到达法泗荷花湿地公园
中午的长枪短炮不断变焦
拍摄异装的荷花仙子

赏花路炙热而寂寞
打斑点伞的白衣女子
不穿古装也不背古诗词

跟拍她的相机
爱她身体里的每一位公主
和陪伴她们的荷花

我为这位专情的摄影师
举了一柄荷叶："嗨，你该配合媒体
去拍半边荷塘上抖动的绸扇和肚皮。"

2015 年 7 月 17 日

帐篷节观花海

没有太阳,只有灰光
这些花自己明媚

牵引我的目光
上看下看,左看右看

其实,我不想睡帐篷
只想醉卧花丛中

或者,为阴天的花海
举着蓝天和云彩

2015 年 11 月 19 日

爱莲说

我这么老了
他还要我脸靠花瓣

用年轻的经验
拍一张老脸

荷花凋谢
棉桃炸裂

钓鱼人
你的鱼饵美得像耳环

波光闪烁
如银鱼翻滚

我还是
在树影下剥莲蓬

2016年9月17日

向日葵

圆盘上的眼睛
眨动几颗露珠

这么多爱太阳的女子
和葵花

一统天下

果实高于花朵
却安于风中

她不再说枕边话
她不再说枕边话

秋收过后
新郎离家

2016 年 10 月 15 日

写意鸟

它在枝上,在歌唱
不在它自己那里

我有它一致的目光和歌喉
我还有别致的空巢和空壳

风吹乱头发和衣衫
有什么关系呢

像你随手的写意
和一声轻笑

已过千条河
已过万重山

你一回头
我就盖好红章

将乱世和英雄
一并挂墙上

2016年11月4日

柔美而孤独的

那朵花在风中，在孤悬的一块岩石上
望着蓝天和白云

多么像夕阳下的你
望着年轻的自己和一群活泼的少女

在过去的曙光中
摇曳

爱着蝴蝶蜻蜓和燕子
爱着蒲公英和鹅卵石

爱着奶奶的祖籍和裹脚布
爱着姐姐的女红和哥哥的弹弓

爱着沉默寡言的父辈
和天真懵懂的儿孙

那用生命抒写的一部部传记
在我的暮年提不起笔

……我能写下的只是这叹息
这敬意

2015 年 10 月 15 日

有感于三峡大坝建成后

你如筑巢,就筑在高山上
不然,水会淹没

你如筑城,就筑在高山上
不然,水会淹没

你如葬父,就葬在高山上
不然,水会淹没

你如刻碑,就刻在石头上
不然,时间会淹没

2012年9月宜昌至重庆的游轮上

第二辑 以风筝探测高远的天空

奢 侈

我在武汉这个坏脾气的城市
生活，写作
怀着把露珠砌成桂冠的野心
活着

2003 年 7 月

从街道口开始的纪念

街道口,我写它,不是因为
我住在它的南面,
要到它的北面去看病购物;
不是因为我在北面那所著名的大学
闲置的石门下错失了爱情。
一定有别的原因,
让我提到它北面的军区、医院;
南面的艺校、书店;
还有六家隔街数钱的银行。
多年来,我一直有情可抒,没钱可存。
车流、人海、噪音
若干红绿灯
和别的街道没什么不同。
但我还是要写到它,
那是因为我在它的某个小区
怀着古愁写着新诗。

2004年10月11日

我生活之外

比我活得更好,我不知道的
夜幕降临,那内部的光还亮

孔雀石一直在那古矿里
几千年后,我看见的

那蓝色和我命中的颜色
成为姐妹,成为相亲相爱的部分

爱和光一起走进生活
石头也走进来了

成为首饰,像词走进句子
成为含蓄的短语

我生活之外的光与爱
同那神秘的蓝色一同走进来

裹住身子,裹进生活
连毛孔也附着它的柔情

从头发到眉毛,从手指甲到脚指甲
从里到外,改变了光和色

你无法理解,我也不能说出:
颜色怎样成为奇迹,石头怎样成为爱

2002 年 5 月

将进冬

……风一波又一波,
它的坚定性是柔软的鹤唳,
——系上一些红丝带,就飘得更野了。

又有一群叶子掉了,高处的绿叶哭得更响了。
少女短裙乱卷……

公汽,像被障碍所阻的野马一样,
抽搐、嘶叫。

飞沙,亮出它声音中的青铜,
刺疼街边瑟缩的乞丐和民工。

西餐厅里,穿黑色羊绒大衣的女子,
她的羊角面包过分硬,
……她的眼色过分冷。

我怀疑:小偷偷走金,秋天才过快地衰败;
时代过分虚弱,才挡不住黄沙漫漫……

2006 年 10 月 25 日

傍晚十四行

天就要黑了,
蜜蜂已经放弃了花,趁夜色
忙于安置它们的蜇针。

我走在艺校的门口,看见
一些眼神的海水,欲火,和毒汁
追赶一些年轻的身体。

"如果你们跟随我,
就会驱散这些不堪的暮色。"
灯光,以及无人翻阅的诗集,
虽然不说话,但有教益。

现在,我要回家,
趁夜色还没有覆盖大地之前,
写下这首不能救命的诗,
这首脆弱的诗。

2006 年 10 月

艺校和大排档

她们有的跳芭蕾,有的走猫步,
有的练嗓子:通俗或者美声,
——对艺术的爱,把她们推上了前台。

而多数时候是清唱剧:
"我爱唱爱跳。
身体里怀着无数个愿望,灵魂里含着苍穹。"

请记下这样的台词:
"我的双目触及的,都着了火。"

"妈妈,大排档里,那些
调情的人,怒吼的人,
喝酒、划拳、斗地主、斗殴……的人,
先输掉了友情,
接着输掉了爱。"

那些搞艺术的学生,
在俗事面前,
像雨天的向日葵收敛了花盘,
将花序、斑点和供它生长的原野掩盖,
然而……流露出一份天才的无力与忧郁。

一个在艺校与大排档之间测量步距的诗人,
终其一生,

只为了临终前挑选一两行诗,
作为这个世界的墓志铭。

2008 年 1 月 18 日

从茶馆到书店

茶馆里的说书人,早不爱章回小说,
而擅长黄段子。

人人都学会了在故事的关键处打住。

这真没趣。我不想听,只想看,
去看一群不发声的灵魂:

……美载于纸端,历经千年,
仍熠熠生辉。

我对自己或他人有新认识:
在生活面前,天才有一副疯子或愚人的面孔。

……他枕书而眠,即便瞎了,
也能翻译《荷马史诗》。

2008 年 2 月 9 日

理想矫正现实

窗口划断，一个不能选择的童年。

省京剧园小区阻隔眺望武大的视线：
我不得不绕道走，
经过十几家早点摊、三家面包房、两家网吧，
到了街道口——
一段从象牙塔到红尘的距离。

他们唱美声，我唱小曲，裙裾盖过小腿。
那不是绣针绣的花，是电脑绣的，但价格不菲：
我一个月的两份工资，也不够买一件巴黎时装，
唐装勉强买一套，旗袍却只能买两袖——
白领也往往是清风一族。

哎，每次路过京剧院，
我就会幻身为戏剧里甩水袖的佳人：
弹琴、读书、舞剑、爱英雄，
"啊，霸王！"
女人成为花木兰，其实是现实的悲哀一种。

在艺校——少女们练芭蕾，少男们练诵读
——那么多的红舞鞋，那么多的哈姆雷特。
我要孩子成为这一类：
不弹钢琴，却只习中国功夫和毛笔字；
或只弹古筝和读诗书。

孩子啊，倘若你有绝世武功，
我就能让你成为盖世英雄；
倘若你有曼妙身材，
我就能绣一袭绝版衣装。

孕育英雄或美女，是所有母亲的理想。

2008 年 2 月 9 日

从芦苇丛到咖啡馆

江边的芦苇在学者那里是诗人，
在诗人那里是学者。

此刻它们既思想又诗意：熄掉烟，
不放野火！——多么优雅！

风不吹，它们都相爱：
手牵着手，脑袋偎着脑袋。

波浪般起伏的怀抱，
等同于诗歌的美学。

咖啡馆里，一双感性之手
打开一本理性之书。

火花噼啪起舞，
令坚硬的思想钻石般夺目。

2008 年 12 月 26 日

速写午间小区

树巅显摆风，
燕子呢喃琴键，
我在阳台上敲着手提，
老嗓子在清唱国粹，
兰花指在转动门匙，
保安打哈欠伸懒腰——
偶一巡逻，偶一日光浴。

开门、关门；停车、开车；
他的油门，她的脚后跟；
夫妻拉扯一把钝剪刀
撕婚姻的布。

我天生爱布，也好手刃布匹。
但端午节那天，我失约，
没去破布街淘碎布缝舞衣，
在书房里呼文唤字！

现在13点，耳根清净了：
风浪之下的海底，
小区成为珊瑚，我成为定海针。

彩布飘飘，
长短句是深海里的救生艇。

2009年6月5日

在丽岛紫园

光斑在她的脸上闪烁,
她按下快门。

妹妹的天才构图,
稳不住姐姐双手的帕金森。

木芙蓉多么好看啊!

"可怜的人,
一边享受,一边颤抖……"

小桥心疼细高跟
叮当的节奏。

无能为力的光线和花阴,
无可奈何的健忘症!

被典藏的颂诗,被保真的吟咏,
爱杀死了时间!

原谅那用词句
安慰镜头的人!

我们的紫色呼应了紫藤园。

2009 年 10 月 15 日

艺校一景

甲的目光
被锁在乙扭动的杨柳腰上

丙的双耳
从丁的高音的绝壁处掉下

老教授的咳嗽声
抵挡着芭蕾舞者的足尖

"门前大桥下，游过一群鸭……"
童音从琴房溢出

越过……高低杠上的上下翻

我的诗眼
被绣针在玻璃上划了几下

2009 年 10 月 18 日

中午烟霾中的公汽

钝刀在石上划过——

避暑的蝴蝶飞过来
栖在困乏的睫毛上

午睡的歌剧院
烟霾重重
促进了空气净化器的畅销

股市一跌再跌
江水一涨再涨

能听见流水
但望不见高山
和云端的楼房

终于承担不了一只蝴蝶的重量
她飞到印花窗帘上

但飞不出烟霾和瞌睡虫的重峦叠嶂

2012 年 6 月 18 日

露天游泳池即景

泳池上面
两只蜻蜓,连体飞
两只蜻蜓不戏水

你在水下,很天真
仿佛不谙男女性事

蝶泳、蛙泳、自由泳
一律不会
一落水,软体即成铁锤

一点自救的力
源自蛮荒的勇气

太阳太毒
举伞观鸟类与准鱼类者众

2012年7月18日

修　正

这就奇怪了。突然满纸的慢，
就像满街的快。

她说，我要慢下来。
然后，像音乐戛然而息。

墙角躺着无风的落叶；
街头是骤雨般的健美操。

这都不是我爱的。
我仍然要不紧不慢。

所以，这片落叶给快；
这份健美给慢。

2007 年 5 月、2012 年 7 月

移花术

她步履匆忙，碰倒了报架，
把那些旧闻轶事弄疼了。

为了安慰它们，她编出新的事儿。

电视里说，她用魂魄在唱。
原来，她的魂魄不在指尖，

在黑夜无限深邃的噪音里。

2007 年 5 月、2012 年 7 月

来自饺子馆与书房的观察报告

她不在闺房
她在卖饺子票的间隙
十字绣

他不在书房
他在电脑上
练习杀人游戏

猫穿过
烟霾笼罩的时代广场

2012 年 12 月 9 日

将失明

飞机在蓝天上画白线
风筝模拟它

风车在时代广场旋转
滑冰鞋模拟它

孩子追着一触即破的肥皂泡
少年的快艇剪破摩天大楼的倒影

而青苔用绿色天鹅绒裹着
一角锈迹斑斑的黄昏

知识分子沉睡已久
铁铺已关闭多年

唯一的失眠者撕日记
像撕日历一样迟疑而缓慢

午夜像广场一样宽阔而忧伤
好眼睛看见更绝望

2013 年 4 月 4 日

以风筝探测高远的天空

鸟鸣现实主义的心经
我吟浪漫主义的诗句

以风筝探测高远天空
以单车丈量辽阔大地

走过即将睡着的夜晚
如今,我要闭门不出

打磨刺亮夜空的光束
饲养日行千里的马匹

2013 年 3 月 18 日

登 高

昨天挡着我视线的树梢
今天在我的眼皮底下

此刻的学校操场
国旗飘飘,喊声阵阵

阳光下站着
我们要培养成英雄的少年

你的懒腰与哈欠
不能淹没我的热泪盈眶

陪读笔记中必须写下这一句
住得高就看得远

2013 年 9 月 21 日

校园内外

操场上激越的篮球声拍打着
阳台上孤单的睡衣

一边是亢奋,一边是恍惚
一边是青春,一边是暮年

孙辈吃下祖辈送来的饭

有人吃下消炎药,伏案午睡
有人戴着老花镜,结绳记事

少年中国说,替下篮球声
高倍望远镜显示——

校园里饲养了蚊子、苍蝇
也饲养了绵羊、猛虎、雄狮

和征战天下的马匹

2013 年 9 月 28 日

暴雨之后

巨响的雨帘和雨帘之中的
车水马龙

泊在京剧院和流行视窗的
汪洋上大半天,傍晚的

油面、雨伞、凉鞋、被追撵的小摊
缤纷在暴雨之后的阳光下

有人带着蒸腾的暑气隐入地铁
有人顶着湿漉的花瓣冒出地面

旋开的大摆裙
现出有胎记和刺青的胴体

不惧怕视频、电子眼
闪电和月光

梧桐树下的果汁管和下水道
将迟迟到来的夜晚慢慢饮尽

2013 年 7 月 21 日

到汉口北见娜夜

突然的狂风暴雨
淹没了相逢的道路

晚上的香港路不在香港路
在海那边

今晨的汉口北不在汉口北
在卓尔那边

在 2 小时 1402 道闪电
气温降低 12 度的第二天

你已换过被暴雨淋透的衣衫
我已打开被雷电关闭的手机

不识路的轿车驶过你住的会所
至木兰湖风景区又折回

在我的城见你
竟然用了武汉至兰州的飞行时间

奇妙啊！
风遇见丝绸，光邂逅钻石

2013 年 8 月 19 日

李白江上短信汪伦

这不是桃花潭,是长江
污浊、汹涌,快艇像离舷之箭

离别的加速度重金属
摇滚不能分别的波浪

天上有飞机和飞机的白线
地上有高铁和高铁的磁悬

我偏爱的长江天际流
行驶着船只翻滚着浊酒

我捞不起江底的月亮
捞起了江面的诗句和流物

你得用纯净水清洗后品鉴——
黄鹤楼上邀月,盐水花生下酒

不闻酒香
唯闻汽笛声声

我不在对岸,在波涛里
没见到屈原,他的手机关机——

此起彼伏的咕咕声
是众物吞吐江水、消化酒精和粽子的胃

2013 年 11 月 15 日

今日的宝通禅寺

敲木鱼者——身心不空
藏着旧时衣裳里的俗物

听任红尘中人——满腹牢骚
继续头疼、发烧,继续咬牙、磨刀

佛光不在头顶——在屋檐上
烟熏火燎,罩着抱佛脚的男女

无人骑坐白马取经
亦无行者横空出世,披祥云追随

念经的妇人,如街边歌女
唱的并非盘缠,而是黄粱

无闻钟声,但见手机震动
电视聒噪

——阿弥陀佛!佛光披拂!

洪山宝塔下
紫色外衣的菜薹头顶黄色小花冠

被裹挟山下
红尘有烟火之诗而无碧空之翅

2013年1月25日

昙华林

新世纪的阳春白雪被新世纪的下里巴人
包围成桃花源

古筝、汉绣、陶艺的慢时光
在这里顾盼自怜、形影相吊

左边拿铁咖啡的特慢专递（咖啡吧）
似沉睡的阑尾

右边的胭脂路、粮道街
游荡着烟火、脂粉和莽汉

中间飞跑的清洁环卫车
惊吓了自拍（他拍）的后古典主义时光

你终于保留了你慢下来的影子
但昙华林只是昙华林的赝品

2013 年 11 月 29 日

老房子临街

绿色爬墙虎守着门楣
鱼虾跳躲到冰箱下面

不远足
打响指,如静车鸣笛

坐在车上的人
任雨刮器擦着泪水

薰衣草中住着普罗旺斯
和偏头痛的女子

不远足
在阳台上看书绣花

文字和花朵的烟火
比过了时间

阴影和皱纹
咿咿呀呀唱古人歌

2014 年 5 月 24 日

乌桕树下

绿色还在青春期
她谓之她的少年郎

中年的绿黄、黄,黄红、红
终将归于老年一色

而她喜欢的残缺
和侠气、江湖气、书卷气

——被风的指尖抚过

像荒草左右摇晃之后
匍匐在地

朗诵与美拍的记录
声音与画面的眷恋

如苍耳扎身一般
美好又疼痛

"一棵树下要葬着爱怜的灵魂!"

树与书是墓碑
我们是终将消失的墓堆

2014年11月2日

汉口假日

终于下雪了

江南的毛毛雪到了江北
变成鹅毛大雪

公主的轿车过了大桥
变成马车慢行

眼前是冷寂的江汉关
手中是喧嚣的自媒体

微信里的雪消息
飘了几光年

拂动虚设的床幔和灯塔
新友胜故知

但汉口不是罗马

2015 年 1 月 28 日

春日下午的琴台

我们将樱花认作桃花、月湖认作天池
一双彩蝶认作梁祝

汉水在我们身后隐入长江
我们在江湖之间徜徉

亲爱的,这不是琴台
这是我们的天上人间

一只吸牛奶的小羊
望着我们走过,又望着船只走过

垂钓的人一直在垂钓

而我们要从下午短暂的怀抱中
离开,归入各自的夜晚

任头顶的那些星星
成为分别后的安眠药和水晶

2015 年 3 月 18 日

长江两岸的星空

当星星眨眼的时候
我醒来

我醒来,浑身都是银河系的
闪烁银鱼

我们相爱
而有根银簪把我们分开

一条长尾巴的彗星
拂过我时说

我消失之地
将是你想念之所

2015 年 3 月 18 日

植物园赏郁金香

想起你在远方的夜色和孤独
我无力举起这么多热烈的酒杯

旧风吹着
新裙的优雅花边

阳光盛大,而忧伤汹涌

坎迪王子啊,坎迪王子
我是最爱你的那人

但不是你的公主

这么多酒杯碎在你的王国里
也碎在星期六的东湖植物园里

2015年3月28日

花树下的石头

蚂蚁爬了三个钟头
我们爱了三个春秋

树影罩了一年
又飘下一旬的花朵

被风用一瞬吹走

这些
被私藏在个人影像里

满腹的爱与哀愁
开不了口的石头

2015 年 4 月 9 日

完　整

你的左边，我的右边
中间是铜莲

你的茶杯，我的花瓶
下面是荷田

从牙买加到禅石
是灵舌和魔指

治愈了两个人的溃疡
和偏头疼

这武汉天地，这江汉关
这中华门

你的江北，我的江南
中间有渡轮

2015 年 4 月 10 日

昙华林的光

两杯水在它们喜爱的
音乐中形成完美的结晶

旅人在缎面日记里
写下的重金属爱情

通过音乐的波澜
返回到我的心里

而世上最昂贵的钻石
却只会带来不幸

摇曳在樱桃树上的祖国
同露珠一样易失

2015 年 4 月 16 日

尘　缘

天下着雨,妙如光着头
我举着两把撑开的伞

她着灰袍,我着白裙
我们合影,我们殊途

薰衣草薰着她的佛袍
亲着我的脸颊

尼师与我们同游一天,然后离开
在紫红旁边留下佛教的青蓝

我穿过它们
依旧是白色

纯洁的光飞起来
成为白云的姐妹

这一天,她成为女人
我成为女神

2015年6月3日

视　域

晒衣架上一排彩色的夹子
限定风舞衣衫的范围

我看到长江、长江以北
比如烟尘
消逝的江鸥、新起的哀愁

我看到天空、天空之外
比如大雁
打开的天书、远古的时空

现在，我坐在椅子上阅读
发呆，打盹

头左右摇晃，抬起低下的
范围有限

2015 年 7 月 4 日

心,乌托邦

风经过树时
舞姿正好

我经过此时
光影正好

"心,乌托邦"在我头顶
你拍得正好

或者柏拉图
或者托马斯

我不能竖起十万座大山
倒下一片海

我能记下颤抖的嗓音
梦想的节拍

这肉体,这灵魂的理想国
被狂热地空想也好

2015 年 7 月 12 日

方圆中华门

将长裙剪成短裙、凉鞋剪成拖鞋
将沙湖剪成水洼

廉政公园有跳舞的大妈
300米有楚材路上的书生、德胜桥上的赌徒

500米有契丹文身有鲜花塑料花
有海底捞月、大西北烧烤

800米有防空洞
有人剪封锁线当幸运手链

有人量体裁衣
不慎将真丝烫成杂色

向北的天上有孔明灯或风筝
有的落入长江有的去向不明

新闻中心将苦难歌颂成财富
将硌脚的石子说成钻石

大众买菜绣花吃喝拉撒
不关心一个国家打另一个国家的嘴巴

2014年7月18日

在和平公园

练声者自带扩音器
歌声惊散鸟群

而蝴蝶只爱飞舞
孩子只爱摩天轮

我自拍你爱的
风情万种

把月季当玫瑰
月季园就成了玫瑰园

回廊光影斑驳
像圣殿的佛光

学生在公园旁的校园做考题
父母在拍照

我站在野荷旁
依然是位佳人

2015 年 8 月 30 日

403 国际艺术中心

历史有生锈的面孔
和被打磨锃亮的手

今生写下的最后一首诗
被新新人类吟诵
和当道具拍摄
收音机不再收音

被遗弃的军工品零件
与陶艺、书香
和归来者的签名
和谐相处

咖啡与目光丝绸
和悬挂的钢铁蝴蝶
被透过玻璃顶的阳光轻轻抚爱

我的热血抚摸了你的冰冷
废铁成为磁铁
敏感的人成为导体

在剧场的黑里
我们抱着深深的光芒

2015 年 9 月 7 日

圆月在上

许仙在论坛里呼唤白娘子
诗人在青灯下献诗中华门

亲爱的,今晚
我们是最年轻、最年老的恋人

头顶青春的白雪和暮年的薄雾
对着长江,邀请老月亮

圆脸照着沧桑的镜头,霓虹和夜色的
柔光让鹤发变为童颜的公主

"娘子啊,今夜之后,圆月成对半
一半在江北,一半在江南。"

"官人啊,我有法术
相思是灵芝草,是还魂丹!"

诗人不语
只是写诗,只是樽酹江月

2015 年 9 月 26 日

武汉园博园

他们用半天跑完全世界
扫描亘古以来的地质变化和人类文明

而我只纠结于
长江园里石刻上的细节

雕刻者在逆风中落下的刀
吞噬着更多的
哑嗓和头帽

我拍下乌篷船旁的铜莲
摇晃展馆里的光斑和露珠
在古琴旁拨动电音
再揣一颗沉默的石子
以 N 种语言、唱腔穿越
时空一点一面与它们的所有相遇

傍晚，轻风吹干雨丝
白云变成玫瑰云

众鸦撞向灯光和玻璃墙
在武汉

2015 年 10 月 13 日

物外,传奇

要有光,才能看清
书上的字和句子的意思

要有光,才能看清
你的脸和眼里的虔诚

过道上有风
但不必戴围巾和帽子

左边有戴眼镜读书的猫头鹰
右边有光影摇曳的小竹林

穿玫瑰色长裙的诗人
经黑色的旋转楼梯上升

你拍下这优雅的火焰
这安静的灯塔

今天你在文字外,我在画面里
明天我们在一首诗里

双鱼座由物外的茫茫人海
游进茫茫的书海

2015 年 11 月 11 日

湖边的破坏仪式

婚纱的背面
残荷这么美,红叶也是

长头纱好看,像你的斑点伞
红杏出门,像你的摄影作品

你披着湖水上岸
落下满天的毛毛雨

以自己的舌头、音调和心脏
我爱上这眼泪聚成的湖泊

为了这种成全
我准备了所有的破坏仪式

石头相撞
为火星准备灭火器

干柴和烈火相遇
为烈火准备暴雨

你从雨中跑过
像短暂的阳光掠过屋顶

2015 年 11 月 14 日

结 香

鹅黄、浓香
展览馆阶梯上的朗读

楼顶、山下
含苞的早樱

两个小时后红狮子酒吧的
红酒、甜点

一手秀丽的签字、一枚完美的印章
两个人的共频

我比任何人适合
你的镜头

下电梯时
你的右肩和我左肩的轻擦

"本是两个人的约会
变成了一群人的狂欢!"

这是我的节日,两天后是我的生日
从饭馆到影院……是一双

一直到现在
到这首诗的完成

2015 年 11 月 22 日

空镜头

空下的还有这怀抱
这红椅

它身后的树由翠绿变成金黄
回声寂寥

时间收获一人的离开
光收获你的身影

你拍下
这虚幻的填充物

拍下回忆中的亲吻、颤栗
狂喜与痛

黄叶飘下来铺满红椅
随后被风卷走……

2015 年 11 月 26 日

汉口里

给我黑夜的时候一定给我白天
给我泪水的时候一定给我阳光

老天疼我
多像你啊

全天候的
宠爱

我属于自然的女儿
书卷的缪斯

这些仿古建筑只是
我们相思的驿站相爱的港湾

2015 年 12 月 15 日

方 位

我喜欢在东边的窗口眺望蛇山
喜欢看高于写字楼的教堂

它西北有黄鹤
东南有彩云

空中飞舞的群鸽慢下来
俯看车水马龙的人间

我在楚材街旁的陪读房
右耳听唱诗左耳听读书

现在需要静下来
听自己的心跳和呼吸

2016 年 1 月 24 日

画春光

他们忽略很宽很旧的长江
而取岸边很细很新的柳枝点染

我醉不醉酒
都要打着枝繁叶茂的树冠
奔跑

别再画我了,先生!

我老了
请允许我躲在镜子的背面
不见年轻时的朋友

就像此刻
我赞美这些骄傲的绿叶
但不忍惊动她身后倾伏的枯枝

2016年3月30日

彭于晏，看这里

我第二次看到他时
叫他吴亦凡

儿子说我脸盲
因此我再也不会叫错他

第三次看到他时
戴着浪琴的手表

这次在中山大道
在水塔的斜对面

他依然戴着浪琴手表
看着街上的时尚男女

我透过武汉总商会铁门窗
这个超大的量角器，拍他：

"彭于晏，看这里！"
这里是手机或单反

不是聚光灯
也没有多少人戴手表了

男神,从墙上下来,不吃西餐了
改吃豆皮或热干面

2016 年 12 月 29 日

东湖丽日

我们两口子和朋友两口子
走绿道

人多花少
门口有烧烤

骑车者
成双成对

我们在阳光下晒
家长里短、皱纹白发

天蓝湖绿
但照片里中年的臃肿

破坏了
我们的好心情

2017年2月11日

早春的紫叶李路

他从树林出来
仿佛一夜未睡

斗篷由开花的紫叶李剪裁
高枝有风

暮年的病
送走计步器

白昼刚醒
他就奔往另一条黑路

2017 年 2 月 20 日

医院隔壁有禅寺

医院里人多，话多
不适于抒情

医院里嘈杂，安静
不适于大笑

我同室的陪床者
在安慰他老伴的

低泣之后
鼾声如雷

我借着微弱的床头灯
看滴水成冰

想着明早可以溜出医院
到隔壁的宝通禅寺

呼吸新鲜空气
倾听鸟鸣和禅语

我就安心睡着了

2017年3月5日

菜薹颂

洪山宝塔下的菜薹
越来越高越来越壮

越来越多的人享用着
苏词人错过的紫衣黄花

禅寺里的黑猫总能撞见
用香钱供奉神灵的香客

瞬间变身成
厨房里的烟火姑娘

2017 年 3 月 6 日

花泥路

紫叶李花瓣点染
和紫玉兰花瓣工笔的

路面,仍然很脏
早晨的清洁工此刻在午休

立在垃圾旁的扫把
架着几枝花叶

昨天丽阳下和枝头花朵
合影的人,此刻拍落红

还有更多拍客
在朋友圈晒美图

唯不见花锄
和葬花吟

混响招摇而过
碎花裙避不开黑制服

2017 年 3 月 13 日

迎春花的午后

驶过武汉客厅的红色轿车
泊在沃尔玛的对面

在三十三楼的高层
坐进鱼的武昌府

一个天才少年和他满室
游弋的鱼

不羡慕大学城的
蓝色游泳池

斜戴长辫帽的毛娘
初画

迎春花的午后
覆盖倒春寒的芳名

诗者将高空的鱼群
请进书籍

那将被命名的童真
谓之无限美、无限可能

2017 年 3 月 15 日

第三辑 奔向远方的铁轨

远 行

你和我都不能在原处，
在原处做天真的植物，
而只能像风一样，在路上。
任途中的石子，生硬，
虫鸣般尖锐。
任古老的列车和隧道
一同组成黑暗。
我们究竟走了多远？
可无论我们走多远，都是
在自己之中旅行；
无论我们在哪里，都是
用点点暖意慰藉心灵。
像一朵朵水花，跳跃在河床里，
永不结束它流淌的句子。

2006 年 2 月

火车驶过故乡

"37岁是个什么年龄?"
一个低沉的声音,回荡在一间昏暗的
包间里。那时,我抽着烟,
望着渐渐变暗的窗外。
一串名字,从我的脑海里
驶过车轮:凡·高、兰波……
我的爱恋始于上世纪的
那首诗中:那些铺满白纸的
黑字,同火车一起,蜿蜒数千里。

"37岁是一些天才逝去的年龄。"
火车离开武汉、经过故乡那天,
我正好37岁;
正好穿过了都市密集的高楼,
和乡村空下来的床;
正好找到了一种形式:
适合窗外暗下来的夜,和窗内忧郁的心情;
正好,你坐在我的对面;
正好,火车慢了下来……

"大师是要活过37岁的。"
可是,时间不改轨道,
人老了,不得不
面对自己的孤单,
和随之而来的黑暗。

所以，我们都已活过了 37 岁。
却既非天才，也非大师，
只是用文字书写自由的
小灵魂。

2006 年 5 月 1 日

途中的美学

困。她困,
困在旅馆里,抽烟、写诗:
爱过的人飞蛾扑火般地跟过来,
穷途末路者来笔下求生。

睡觉前,洗漱城市的口腔里
长着的两排老街,
吐出珠宝首饰、笔墨纸砚,
单单留下香烟盒。

"卖男孩的小火柴"
(是有着切·格瓦拉头像的香烟盒)
和她的露背装一样突兀。
十岁的儿子跟过来,她回首呵斥:
少儿不宜。

"知了,知了,知了……"
——众声一调,尖锐并不重要,
但突兀必须,
这是她一贯的美学。
一个人被爱毁了,
但可能因美而得救。

卖男孩的小火柴,
从时装里跳出来,裹进铁质旗袍里,

咔嚓作响。

床着火了,笔在流泪……
困。她困,
困在途中,她爱的美学里。

2008年8月3日

奔向远方的铁轨

棉布背面的丝绸衬里,
不相称的结构与缄默,
匪夷所思的图案:

爱人死后的骷髅,
它借助的光线,
比针尖锋利、寒冷。

走在铁轨上的人,
被手提箱中的爱恨、
生死教育。

一件私奔的行李,
变成一个别致的
潘多拉盒子。

肉体被锁,
灵魂就势铺乘远方——
一个赴汤蹈火的前途。

2009年9月27日

剪辑火车和水波

火车跑断了……
钢笔疲于在纸上奔忙!

蓝色的小碎花被画家点成
诗者的披肩;

……水波再次抚弄
疯者奥菲利娅的头发。

漩涡酿成风暴,
花瓣将爱者埋葬!

我的闪光灯被旁枝别蔓所缠:
火车向我索要铁轨,

水波向我索要墓碑。
给你这颤抖的笔——

在一列奔跑的火车上,
写出最好的作品。

2009年10月2日

火车在纸上轰鸣

外省的回音从隔屏处传来,
试图分离她诗句中的现实感。

距离感、漂泊感、异质感……
离间烟火味、形而下。

没关系,因为荡漾感染了
她写的单节短诗;

没关系,因为疼痛通常
由想象力来治愈。

有微澜并极富音乐性,
有颂词并极富文学性。

所以,树枝拍打树枝是优雅;
尖刀刺向自己是高贵。

她搜集在纸上的轰鸣,
是天籁,亦是铁骨破肠的声音。

2009 年 10 月 4 日

纸上铁轨

火车以它的尖叫声
代替了别的呼啸。

但聋者却从漂流木做的
笛子里听出苍凉。

盲者望天,泪水凝成的冰雹
砸在铁轨上:

"哐当,哐当,哐当……"
节奏紧似产妇的阵痛。

"我还没出生,纸上就铺满铁轨——
安娜们捐躯,诗人们跑断钢笔。"

所以,我不停地奔跑在铁轨上
就是为了生下永生的你。

2009 年 10 月 13 日

我所说的火车

应该是蒸汽式
一路哐当一路停

有人挥手送别
有人举目眺望

靠窗户的画者速描
戴花头帕的乡女

它不是高铁
不用减速玻璃

它更不是地下铁
一分四十秒一停

诗人临窗即可
闻牛羊之声，观草人之舞

闭目即能
细细想一个人，写下一个佳句

它是这样的火车
坚硬又柔软，轻快又缓慢

慢，慢些，再慢些
慢成一个亲爱的灵魂

2010 年 8 月 17 日

断　桥

旧病不去。
西湖。瘦船。断桥。
这些不新的词汇
在风雨中，
演变成顽固的病毒。
持久地，痛。

"爱人，告诉我该怎样做？
医生，心碎有没有药医？"
西方的一段摇滚歌词
同样适合中国的传说。

走过断桥，
风只用一瞬；
哀怨的越剧也只用了两个时辰；
而它却耗尽了
一个蛇妖的前世今生，
和一些女子的来世。

2005 年 2 月

九寨沟

它长成绿色,长成紫色,
长成橙色,长成银色,
长成红色,长成蓝色,
长成玫瑰红,长成宝石蓝。

这么迷人,
没有风,也在抒情。
像不喝酒的诗人,
也能写下传世的名句。

你若想谱曲,
先弹跳音九次,
像芭蕾舞演员的足尖那样跳。
可你的穿着多么别扭,
还没有一身赤裸舒服。

2007年6月

黄山诗

那云海浪费了,
因我们不是天仙:不能腾云驾雾。

那迎客松也浪费了:
情侣们刻下的名字和誓言已长满青苔。

这伤口绿莹莹地嘲笑信誓旦旦者,
他们的爱,海枯石烂。

而我更喜欢这样的遗憾:
"你永远只晓内心肌理,却不懂自然诗。"

"你陪我爬一次黄山就那么难吗?"
"为何我们不能玉石俱焚地爱一次?"

你出生时,胸怀一座山,
她死亡时,口含一块紫袍玉。

所以,你爱自然,她爱内心,
我不登黄山,不妨碍我爱人类。

2008年8月4日

西出阳关

一个烟囱砸了他的头,
一阵飓风吹出一台三幕剧。

我起身远离,拒绝和他们一起
成为热闹的观众。

金银木、夹竹桃、合欢和毒,
眼神改变光影。

西出阳关,
再无爱筵可摆,
再无暴雨可观。

2009 年 7 月 14 日

岸

进京发达的人，
带着满身的尘土、倦意，
顶着意象派庞德的两句诗，
从铁蚯蚓穿行的地下冒出来。

拜飓风所赐：
小蚂蚁乘着树叶，
在大海上颠簸，
不能上岸。

2009 年 7 月 31 日

女性主义清洁工

她在擦玻璃,
盯着玻璃窗外的白杨树叶。
她对着玻璃吹气,擦树叶,
树叶只管舞动,不领情。

手机响了。
"我不同老男人聊天,老教授除外。
没退休工资、没房子的免谈。
我在工作。"

她关掉手机,转向督促她
做清洁的诗人。
"帮我介绍一位老教授吧!
有房子,会做家务。"

"老教授?女博士都抢着要。
你有什么?
——既不年轻,也无姿色,
好像也不贤慧!"

"我有尊严与高傲的心,
还爱阅读与写诗。
请送我一本女诗人的诗集,
和一座男教授的学府!"

2009年9月13日于首师大驻校诗人公寓

输入性 H1N1 流感

嗓子发炎——
断了唱针的唱机

从晚点的国航飞下来
被查体温的报警器逮着

——隔——离——

流感了,失事了
他们找啊找啊

着陆的病毒藏起的黑匣子
在每个人的体内

只有一部分卫国者
才获得了免疫权

2009 年 10 月 11 日

夜间北京

不知道她们到哪里去了
不知道他们从哪里出来

我在夜间的北京
燃自己的灯

人们没有慢下来
车开得比白天还要快

我还没有睡
还在诗句里看

一个人如何把闲置的手电筒
打造成探照灯

2009 年 10 月 17 日

高大的白杨树

一段美妙的时光：
文字与电流押韵。

她因兴奋
而用了太多的行内韵。

藉此明白：
高处的树枝会因微风而簌簌作响。

进而制造
美丽而无害的风暴：

是以动制静，
更是在动上跳跃。

看啦！这首诗成为白杨树梢
更疯狂的那一簇。

2009 年 9 月 15 日

在图书馆伐木

用钉子钉脑子在书里
将心脏固定在缪斯胸腔

枝形吊灯
晚香玉和羊皮卷
笔记本里刺绣——

……南瓜花编织繁星
丝绸斗篷顶着所有死亡

身体外的清明上河图——
人群,一座繁忙的蜂巢

我要葆有的姿势
需要一阵秘密嗓音的安抚

无需披风和十字架
为了文字的厚重
我砍伐国图的桉树

2009 年 10 月 20 日

在大觉寺谈起鼓浪屿

那只黑猫去哪了?
亲爱的!

我可以记下
你脸上闪烁的阳光和阴影

可以记下
你嘴唇张合的频率

可以记下鼓浪屿
两天的阳光和两天的阴雨

我可以记下
360度和它必然的通货膨胀

我甚至可以记下
大觉寺紫藤树下猫的九条命

可以记下
它的叫声和它跟随我的样子

但我不能记下伤口
和眼泪

不能记下流水和它穿越的墙
还有不能触摸的背影

2010年7月5日

比较学

兵马俑外的卖店
出售玩具考古器
——长安有一支军团等待复活

考完西安交大少年班的孩子
火车上一路挖土
——挖出了一个始皇帝

长安归来,再去埃及
比较陶俑和木乃伊

原来,尘土和肉体
都有如雷贯耳的名字

而我是多么安静!

2013 年 3 月 8 日

大瀑布

这辉煌的坠落——

我的眼睛刚刚攀过玻璃幕墙
又在横面与竖面的外围找寻

操纵巨大织布机的
祖母

放出无数的白马
跌成气势磅礴的白耳垂

悬在无垠的空中——

山呼海啸啊！这世上只有此轰鸣
能与她垂下湍流的眼神媲美

奔腾跌宕的胸怀
不断被前方牵引、拓宽

2013 年 12 月 3 日

可可，西里

早就这么称呼你们了——
可可，西里

可我没见到你们的模样
男孩或者女孩

我给你们小说主人公的角色、命运
但我还是不认识你们

你们也不认识只生了一胎的
体制内的母亲

有多少可可或西里
丧命于人流室

有多少？
可能有文字代替你们活

她们称你们可怜的宝宝
无人称她们可怜的母亲

2014年2月2日

重 庆

一个繁华市井的蒸腾火锅

数位女性有预有谋的艳照

几个男人生死不能的余生

还有笼罩雾气重重的梧桐

和靠营养液存活的白桦树

谁家的出租车吭哧吭哧哦

站立之处是头顶也是脚下

向上的路即是向下的路!

2014 年 9 月 16 日

中山陵园

他在抽自己的白发
不再戳年轻的胳膊

那些令他痛苦的
都不见了

只有毛毛虫
还在逗猫猫

不论是北京冰棍
还是西安冰棍

此刻，都是中山陵园的
南京冷批

休息片刻去音乐台
寄手绘明信片

2016 年 9 月 10 日

金山寺

白娘子来过吗?
这里干旱

枯莲蓬垂向夕阳
硬书法刻进石头

这里很多
拍照的红娘子

法海在石洞里
修行

洞口和尚喃喃自语:
"要给法海平反!"

我拍了一张寺顶白云
又拍了一张寺外光影

问一对善男信女
"你们说呢?!"

2016年9月13日

西津渡

必须有首现代诗
刻在古石上

以便传承上
有突兀

像古渡口不在长江边
而在闹市

我也不要发髻
而顶蝴蝶结

云台阁不见饮酒的诗人
而闻热闹的脱口秀

允许我在酒肆坐一宿
梦回英雄的战场美人的闺房

2016 年 9 月 17 日

深　圳

深圳有欢乐
有悲伤

有大欢乐
大悲伤

有男人女人
和动物

车水马龙
灯红酒绿

当然
还有很多鱼

可是鱼
鱼回不到小渔村

2016 年 10 月 1 日

火车驶过隧道

火车驶过红安
隧道

河流奔向远方
桥飞越她的腰部

苍松之中的瓦房
均是红色圣地

火车再入隧道
再次进入黑暗

我要写的这首诗
想成一座博物馆

没写成
就不会开门

2016 年 10 月 24 日

铜 陵

古矿封了
雕像立在门外

白牡丹没开
相思树呆望

园林很周正
你的头发很乱

孩子在户外徒步
宠物在观光带撒欢

灵碧石对着
你家的门当

有人在民俗村扔炸弹
赢的钱都喝了酒

你穿行在欧式小城
找不到回家的路

青铜一直在哭泣
江南的冬天也是雨季

2016 年 10 月 28 日

深圳胡桃里海上店

深圳市是东西向的
我们看不到它南面的香港

观光桥到了深圳湾的中间
我们还是看不到香港

通往胡桃里海上店的路旁
站着好看的紫荆树
紫荆树上开着
好看的紫荆花

胡桃里没有胡桃
有第一朗诵者,有红酒黑啤
有戏剧里的惊涛浪
有霓虹里的众生相

这里是十二月的海滩
但我们看不到海
船真大
站在水泥地上的船真大

我的夏娃在深圳,她头上的
橄榄花冠被改编成紫荆花冠

2016 年 12 月 14 日

远　山

走歧路，蹚浅水

变缓的双脚爱上群山的光影
变哑的喉咙爱上众夜的歌喉

我要在只去过一次的远山
唱诗诵经

大雾里有薄雪、眼神
和密集的小虫飞舞

敲晨钟，做晚课
泪雨滂沱

如此这般被遗忘、被淹没

2014 年 8 月 8 日

国　画

笔落宣纸

花底下彩色的阴影
和自带滤镜的薄雾

官人马行江边
坐靠青山

蝴蝶翩然而迎
栖在娘子的云髻上

画者落下一枚红章

2014 年 8 月 20 日

观大小空山有感

小空山空空如锅
大空山空空如也
大小空山空空

登山归来去潜海
南极归来去北极

喷——喷——
挖——挖——

宝石在头上、手上
脖子上、脚踝上

宝石在坟堆里
满满又空空

喷——喷——
挖——挖——

2015 年 7 月 31 日于腾冲

和顺小巷

左边荷塘鸳鸯,右边笔墨纸砚
中间走着戴玉手镯、宽檐帽的女郎

拍客将镜头对准
在门店抽烟喝酒的哲学家和诗人

众生与和顺小巷
如此融洽的亲密性

被流连忘返的书法家泼墨
被依依不舍的画家点彩

小孩吹肥皂泡
母亲撑一柄油纸伞拍照

天边没有太阳雨
有一道彩虹

2015 年 7 月 31 日

烹茶铁壶

一些嘴唇等着你的溺爱
更多的在屏风外排着长队

白莲永远清丽于玫瑰
篆刻永远古典于键盘

这一壶春水秋波的佳茗
将高烧的爱拎到你的面前

我来自北极，我来自南极
我来自东西，我来自中原

而你的胸怀独爱
妙丽的佳人和儒雅的先生

因他们不会让你的
古境与禅意生锈

而让你滋润肉做的眼眸
铁打的江山

2015年8月1日

赌　石

我想赌一块石头
赌它是夜空的繁星或万川的明月

或者仅仅是挂在脖子上的宝石
或者仅仅是一双明亮的眼睛

或者仅仅是两粒晶莹的泪珠
或者仅仅是一声惊异的呼喊

我赌你是原石
是前世的初恋或故园

2015 年 8 月 3 日

梦中汴梁

不知道距离苹果诱惑夏娃
毒倒白雪公主多少年

不知道距离苹果砸中牛顿
药医吃出半条害虫多少年

我的父辈们还穿着青蓝衣服
哥姐们已经噘叭裤扫地公汽上嚎叫

邻家少女在树阴下编辫子
少男在沙路上踢石子

有人太孤单了
在河边放了一把计划经济的火

县城文工团的演员
在圣诞节有了欧洲人的眼睛

奶奶在梦中对爷爷说：
"你起来得正好！去汴梁吗？

记得戴口罩。顺便给我捎
几两毛尖……"

2015 年 12 月 24 日

延村聊斋

山东的蒲松龄
到江西的延村拍聊斋

狐女在油菜花地
或桃树旁出生

服侍徽派古宅里
伏案的书生

画皮、幽魂
人鬼恋……

蒲公依然会沿用
自己编剧的大胆故事

拍摄北上的官人
南下的落第生

只是公映时
他也会剪去毛片里

不能曝光的
最黑暗部分

2017 年 3 月 22 日

万物生

用形色软件
辨认植物——

昌蒲、芍药
柳兰、翠雀

大雨把它们隔在室外
我在室内辨认自己——

身体、灵魂
和身外之物

有时是山茶花有时是蝴蝶兰
有时是稻米有时是瓜果

更多时候是莲蓬是蘑菇
是飞翔之鸟

是不断生长的万物

2017 年 7 月 21 日

小孩提问承德避暑山庄

路是皇帝的
字是皇帝的

龙椅是皇帝的
龙床是皇帝的

江南是皇帝的
塞北是皇帝的

寺庙也是皇帝的

"皇帝在哪?"

2017 年 7 月 22 日

兴隆雾灵山

我说它是灵雾山
我记住的是灵,而不是雾

雾哪里都有
如我家乡的大别山

这里生长地榆和翠雀
大别山生长杜鹃和兰

白天风起云涌
夜晚繁星璀灿

山中一日
我成为雾灵灵的仙姑

将万丈雾衣,或满天星光
披在身上

2017 年 7 月 23 日

围场滚坡

从河北的塞罕坝森林高山
滚到内蒙古的乌兰布统军马场

从外婆家的童年
滚到学校里的青春

此刻在围场里的
中年

紫白色干枝梅花环
代替儿时的柳条花环

框住一棵树和一个人的
多重曝光

不到秋天,童声变成老声
风吹草低,儿女成群

2017 年 7 月 26 日

花果山庄

她看了一小时山楂
一小时核桃
一小时梨子

她们年幼时
月见草、南瓜藤开黄花
锦带、蜀葵开紫花

而黄刺玫结红果
碧玉簪挂白雾

后山上是绿森林
绿森林旁边的草地
开着满天星

星星落到肩上
黑字落到白纸上

2007年7月27日

开往西伯利亚的双鱼座

一朵娇美的白玫瑰
靠在钢铁的鱼脊上

她的一天有无数的笑靥
摇曳一片光影

他的身体有无数的夜晚
爱着一个爱人

双鱼座的火车
开往西伯利亚喝西北风

风载着他的骨头她的丝绸
爱上他的刚,迷上她的柔

他们相拥冰冻千年
再双双复活

2015 年 9 月 29 日

西伯利亚荒原

极昼或极夜
木舟搁在乱石堆

火车再也没来过
空站台铺满荒草或冰雪

他们有度过极端天气的
脸庞和

信仰
他们有极端情感

追着苍鹰飞翔
推着巨石上山冈

2017 年 1 月 11 日

乌兰巴托

草原上一面正衣镜后
醒目的乌蓝之下

彪悍的马群
罩着温驯的羊羔

一位被劫的
寡言的女儿

有着母狼一样
凌厉而惊怯的眼睛

2017 年 1 月 11 日

爱上穿风衣的卡夫卡

爱上卡夫卡。
爱上穿风衣、拿着雨伞的卡夫卡。
爱上眼神忧郁、神经质的卡夫卡。

在卡夫卡死去的那个年龄,爱上
一个完整的卡夫卡:
他的小说、日记和书信;
那个著名的"K"和心灵城堡;
订约三次又解约三次的爱情;
他的敏感不安、咯血写字……

满眼灰色的布拉格,
是他灰色的风衣,
裹着暮色、雾气、银行和保险公司大楼的台阶、
出神的荒诞、写字桌、石子路和坟墓的石板。

早晨,一只穿风衣的虫子,
替不爱他的父亲
清理他的床和布拉格的街道。
一只单身的虫子,孤独的虫子,
一只害怕家庭形式,进不了城堡,
死于肺痨的虫子,
他托人烧毁的手稿流传下来:
写作是揭示荒诞,是探秘。

现在，我满眼看到的风衣都是灰色的。街道、床单、城堡、书卷上都爬满了 K 和不接吻的虫子。

……这归功于卡夫卡的一双眼睛，一只笔和他的传记电影让他穿上的风衣。

2008 年 9 月 13 日

为玛雅配诗

她曾是一个穷诗人,
也是一个舞者。
但她有了相机之后,
易名"玛雅"(这个佛祖母亲的名字,
印度教中女神的名字)
并改用电影写诗,跳舞:
她给世界写诗,让世界起舞。
爱猫,爱镜子,
花一再变成匕首割破镜子,
这不仅是电影的结局,
也是爱和时间的仪式。
她用单数
给多重、变形的复数下咒语。
看,玛雅,
她一脸无辜地捡着石子,
在电影中,
它们是金属片,
缀在夜幕里。
世界的结局也是破碎的镜子
——而她一张完整的脸,
被纯洁的纱布掩盖着,
它附着疯狂的魂
——她偷走了别人手中的棋子,
带走了男人弄丢的时间。

所以，我们看见的不是死亡，
是永生。

2008 年 10 月 21 日

阿赫玛托娃的披巾

她们肩上的披巾
都是阿赫玛托娃的:五个 A 标识的
高贵、端庄。矗立在北方
……漫天风雪,和她们一起号啕:
坟里的丈夫,狱中的儿子。

爱情,背叛;祖国,苦难。
但她绝不离开,
一直在俄罗斯的某个窗边
写着《没有主人公的叙事诗》和《安魂曲》,
为缺失的主人公叙事,为俄罗斯安魂,

也试图安慰自己千疮百孔的心——
"我是无法被安慰的!"
祖国之内、屋檐之下,
那么多的苦难、爱与献诗,
共同织成一尊俄罗斯女神的披巾。

它们肯定不是飞毯,
也早已不是简单的衣饰,而是标志,
是阿赫玛托娃的俄罗斯标志。
她顽强地活着,
哀悼她年轻时代的朋友们。

那些诗中、画中的披巾就是见证。

我如披上它，
就如同写诗，作画，
皆是由衷的颂扬或纪念。

2009 年 8 月 27 日

第四辑 看这里

北疆组诗

白桦树

进入抒情的高地,我只是一片阴影

而
喉咙被白光照亮了
脑中的词奔涌而出:
全是明亮,伟岸,和爱

靠着白桦树,我红帽,黑衣
色差也没有让我突显出来:
和高比,我太矮
——白色树桩上,一粒黑蚁般的尘土:
视觉上连影子都不是

但这卑微,不妨碍我
成为一架奇异的受宠之琴:
眼里是千江之水,胸中是万籁之音

我的诗句也亮出了秋天
的其他颜色——
仿佛白桦树叶的绿、绿黄和金色

沙 漠

国道两边——广袤的沙漠
可怜的梭梭和苁蓉——顽强地——生存:
大自然的癞痢头,无药可治

我在路边的一处度假村
坐沙漠越野冲浪车:
——不断的加速度弄丢了我的黑发带
(我回到中原,它还埋在西域的沙里)
——鱼儿远离水,身上剥落乌黄鳞片或骆驼毛
——我满头白沙

最沧桑的风最无力的疯狂
最无垠的荒凉

绝望啊……

五彩城

土丘连绵,沟壑处处
只长零星的梭梭草,没有骆驼
当然属于
维语中的"风化土堆群",汉语中的"雅丹地貌"

然而颜色的丰富性
之丰富——科学解释,此地因土层物质的
化学成分不同,而色彩缤纷:
大量的红、黄,少量的淡青与灰白,几种深浅不一的褐色

脚下顽强生长的绿色
和头顶之上的蔚蓝
还有我，走到哪里都佩戴的孔雀蓝

所以，我病体也能入无人之地
看同行的旅客，狂拍，或过家家
——无生命之城，有灵魂之地
也涂抹戏剧之油彩

你看我多么幸福啊
竟为一处空城，多爱了别的颜色！

喀纳斯

如果可以甩掉人群，进入森林，就能看
地上的松果，和珍稀鸟类的无性蛋；

如果可以涂掉人群，潜入湖里，就能享
鱼水之欢

"枝桠向上的，是云杉；枝桠向下的是冷杉；
枝桠无序的，是落叶松。"
"草原像地毯，羊群像云朵，湖面像绿绸……"

我原谅人，原谅这些没有新意的嘴唇

真实的感受是：
不管我戴着有色镜，还是隔着区间车的印花窗帘
喀纳斯都很美

如果删去游人、车辆、度假村
喀纳斯就美得不像人间

可人影人声，让喀纳斯的美
令头痛者不能欣赏华丽的长句子

我在隔着几千公里的中原
半夜醒来，穿着睡袍写缅怀诗

天　池

我在天池边穿了维吾尔族的衣裙照相：
起初脸型不像，后来灵魂也不愿意

因为丢了帽子，我在诗赋园
与圣水祭坛之间生闷气

远远望了几眼挂满红布条的古榆树
——因它长在不可能长的高海拔，而被称为定海神针

我对针有好感
——它使我想起针灸可以缓解我的偏头疼

强阳光射晕了我的头
——我把天池边的一长排空衣裙，误认为天仙

她们在翩翩起舞……
刻有"天池"的石碑前，站了太多照相的游人

我在无人的诗赋园留了一张影

"太像诗人了!"诗人张执浩如是说

他总是有新意——靠在"圣水祭坛"的石碑前
身体遮住了"水"字,成为"圣祭坛"

问题是:
我们在最应该做诗人的地方,做了游人

古海水与盐碱地

七亿年,无数个前世
——这么古老的海水也没把我泡成美人鱼

一定是泡沫铺到地上变成盐碱
我才没被王子爱上

无数个版本的人鱼
脚尖长着软刀子流落到现世:

新版里,我不穿裙子,不跳舞
也不在盐碱地上奔跑

因为没有我要追的人
——辜负了我的骑马装

油田配不上这里的古朴
汽车更配不上

我给家人发短信:这里像西部片
可惜没有牛仔和骏马

没有宝藏，只有盐碱和月光

野　马

在卡拉麦里的 216 国道两边
巧遇地球上最早的马——始祖马的后裔：

新疆野马，它们是"濒危"的物种
因血统纯正，数量稀少，而比熊猫还珍贵

我们在相隔不到 2 个小时的车程中
幸运地遇到 6 匹：

国道右边的 3 匹，迈着小步子前行
国道左边的 3 匹，一会儿走，一会儿停

我们下车，拍照，它们很配合：
有的啃食芨芨草和骆驼藜，有的看镜头

不仅悠闲，还温文尔雅
并非传说中的那样桀骜不驯、昂首狂奔

我突然很失落：
——野马不野

现在的情况是：
人有野性，动物有人性

温度计

一条寸草不生的山脉
一条地表温度最高的山脉
《西游记》的外境地之一
——关于火焰山确实不再有更好的写头

我连照相的兴趣都没有
只把镜头对准了一支温度计
——世界上最大的温度计
标明火焰山此刻的地表温度

9月12日这天中午的气温53摄氏度
烈日灼烤着皮肤,确实有接近火炉的感觉
在地下博物馆的左边入口处
有被孙悟空踢翻了的炼丹炉

我还没被烤晕,尚有余力想象
夏日70多度时的
"热浪滚滚,蒸腾缠绕,
恰似烈焰在燃烧……"

和这儿比,武汉的夏日就是一盘凉菜
可是我吃凉菜头昏
现在,我吃蒸菜,感觉要飞起来……

转　场

我早已丢掉防晒霜和补水剂、伞和太阳镜

(它们太碍事了,影响我成为草民)
一直站在这里:半天哑口无言,半天放声歌唱
(遭遇美景,就像遭遇爱情)
我不想走了,站在秋天的草原上
看牛羊转场

马背上的哈萨克少女,红紫色的脸
湛蓝的目光看着往前走动的
白珍珠、黄珍珠、黑珍珠……
她们的全部珠宝
都将归往山下避冬的家

从布尔津县城至禾木乡,再至喀纳斯景区
我不断遇到转场
后来,我发现整个北疆都在转场

在离开乌鲁木齐的前一个晚上
我发觉自己一身的羊膻味
皮肤凝华,似乎裹着羊脂
——这绝对不是吃羊肉的原因
而是我怀上了草原上所有的羊群!

2007年9月至10月

青海诗章

听花儿

为了在天上,我住过扎在天边的帐房

你唱的花儿,惊醒了我身体里的电闪雷鸣
你唱的花儿,重现了我灵魂里的天蓝地绿

为了在地上,我躺过镶在地上的河床

你唱的花儿,在清点我的穷光阴
你唱的花儿,在翻理我的细柔肠

为了在诗里,我翻过刻在青铜上的黄卷

泪水涟涟啊,又美又绝望!

塔尔寺

我看到了彩霞、光环、转经筒
及八宝如意塔

我看到了宗喀巴的脐血长出的菩提树
及十万片树叶上的狮子吼佛像

我看到了酥油花、壁画和堆绣
僧人诵经及每双眼睛里的肃穆和澄明

我看到了青灯黄卷
及十万个等身长叩的虔诚

……而,寺内外人山人海
——滚滚红尘

日月山

宝镜里没有故乡和亲人
只有憔悴的面容和忧伤

被摔的宝镜变成日月山
心也碎成两半

日山阻隔的大唐
月山昭显的吐蕃

——生离就是死别
从此,眼泪倒淌,不流向东方

"我本雪雁。"
——爱高过云端

青海湖

有一种蓝色的馈赠情深似海——
白天照着太阳

晚上耀着烛光

雪上的头发
金黄色油菜花的领带
羊群的珍珠项链
招展五色经幡的衣衫

有一种虔诚的朝圣纯洁如石——
天空有双慈祥的眼睛
大地有颗匍匐的心灵

大魔镜

八月的青海湖

一整天的大太阳
照着一湖水的蓝

油菜花在中间地带
发狠地绚烂

我为耀眼的大魔镜
灼照

满怀忧伤，无处躲藏

三江源

命名和美的起源归功于原初：
一生二，二生三

三生万物

——神明就是神明
——诗人只管抒情或叙事

我要替黄河、长河、澜沧江
为源头抒情
像人类的中老年为童年抒情
混浊为清澈抒情

现状和丑的根源归咎于自身：
二、三和万物
黄沙滚滚，浊浪滔天

——你住三江源，我住三江尾
——高处是圣殿，低处是红尘

诗歌墙

那在经墙上刻下
名字的人
哪些诗篇是被吟诵过
并将永远流传下去？

我郑重地写下自己的
名字
总有某首诗穿越时间的风沙
来报答她的位置

2011年8月7日至12日

上海诗章

东方明珠电视塔

上海以一根高 468 米的钢针
刺绣江海和云霞

仰望时
我们是高高在上的小鸟

俯视时
我们是匍匐在下的虫蚁

文明的变色投光源
仅仅是高度伟岸于我们的被造物

夜晚的外滩

灯光比想象的璀璨
成像没有看到的真实

人们用各种语言赞美
浪漫主义的外滩

我固执地使用方言、母语
出于礼仪,才用汉译英

人头攒动
我们一度混淆情侣和肤色

在上海博物馆偶得

我靠沧桑的真实与古老的优雅过活

不臃肿,不麻木
还特别敏感于艺术

在上海博物馆的
半天

我明白了博尔赫斯优秀的
原因:坐拥书城

走马观花,不是坐拥
我羡慕博物馆的保安

他就是一位优秀诗人(的前生)

汉英对照

晴空万里!
而,此处的单词在打雷!

我要切断电源
并且小分贝——

阿毛，Ah Mao
我爱你，I love you

自恋是任何语言都要摒弃的
汉英对照也一样

我读中文诗，你译成英文
或者，相反

诗人是兄妹
是并肩的火车与波浪

去周庄

在去周庄的路上
天气炎热
英语酷
满耳美式
摇滚
育音堂

阳光不关心
去途和势态
多拉的笑声和耳环
叮当响

IPad 只用于此刻写字
导游的英语很中式
到底
周庄是汉语的周庄

在周庄

当我们说
如诗如画啊
这里的山水
已没有别的花

只有夹竹桃白着
红着
以体内微弱的毒
净化着
周遭

天然
皆似人为的前世
语言中的至交
胜过了我们钟爱的
风景

剪短阔腿裤的多拉

我是外来者,喝着源自
我故乡的别人的咖啡

他们赞美我的籍贯
口音和气质
却收我加倍的钱

剪短一条连体阔体裤的费用

可以买一本精装的
双语诗集

——上海
她有多美啊!
但我还不能完全懂
完全爱

2012年6月30日至7月7日

甘蒙诗章

在路上

一个人等待出生

一个人还没出门

一个人在山下观花和鸟

一个人在山腰逮风和鱼

一个人到了山顶

人生观

"笨笨,看月亮去!"
"不如走夜路时月亮看我!"

"笨笨,看星星去!"
"我自己就是银河的中心!"

"笨笨,唱歌跳舞去!"
"不如劈柴、喂马、生孩子!"

"笨笨,吟诗作画去!"

"不如饮酒、发呆、梦游列国!"

羊群转场

羊群在草原上转场
仿佛扑面而来的滚滚红尘

滚滚而去——

我呆立一旁
遇见前世回望我的眼神

惊慌而深情——

远处雪山眺望
身边薄雾

我希望有只羊
慢下来,留下来

从此,把我怀抱
当作它余生的牧场

披拂金光的雪后肃南

一早推窗,眼前全是白雪
一早出门,全身都是金光

这里白天有白色的雪豹
黑夜有黑色的野熊

阳光或月光照耀时
都是金色

都是金色——
山顶的赛马场（世上最高的赛马场）
半山腰的红湾寺（有世上最年轻的住持）
河边广场上的转经筒（世上最大的转经筒）

还有陌生而亲切的金色耳语：
"我们裕固族兄弟的家乡，
是我的另一个故乡。
我暮年会回到这里。"

披拂金光的白雪发出邀请
中年带回青年，暮年带回一生

黑水城

没有黑水
没有城
时光隧道里也没有守卫

甚至，没有凭吊者
唯塔寺和城垣在默守
被埋葬的王朝

黄金和繁华
刀箭和遗骨
消失得太干净了

在拍照、录影之后
他将一枚残片
夹入月下的黄卷

怪树林

这么多狰狞的树骨头
这么多阴森的纪念碑

令日月荒凉
钟摆停止

风和一个穿红衣的女子
透过暮晚的薄雾抚摸

噬咬时空的牙齿
和赞美倔强的躯体

太悲壮了！——这木乃伊！
太凄美了！——这坟场！

多么可怕——
这死亡分明是生长

在额济纳仰望星空

驶过胡杨林的屏障
在离城 25 公里的戈壁下车——

天空迸涌而出

无数颗璀璨的钻石

吸纳我们绵延的惊喜——

无穷大的黑丝绒
抖动着巨大的吊灯

闪烁无数的灯盏——

我们右手边的北斗七星
右肩上的猎户座

我们左手边的牛郎
左肩上的织女

全宇宙萤火的流转——

燃烧了童年观天象的稻草垛
关闭了中年拍万物的手机屏

引领我们上升——

成为光束,成为银河的中心
身上栖着无数的星星

夜行戈壁

白天的胡杨和红柳
夜晚成了恐怖军团

我不能前行,也不能后退
(怕被拦住或被扯住)
我不能蹬地,也不能腾空
(怕遁入无形或冲进黑空)

我不能让脚步声抵消心跳声
我不能让歌声抵消脚步声
(怕缚住的双脚像僵尸跳动)

求蒲松龄召回白狐和书生
撤回双耳里的雷电和骨髓里的寒冰

我想长出千只手:
一手捂住心脏(防止它跳出胸腔)
两手蒙住双眼(不看鬼怪或跳跃的灯盏)
四手按住头发和衣衫(以防它们跳狐步舞)
八手擒住全方位的恐怖

——我最好变成无声无形的
气体

10分钟,1公里
发生了什么?

我只是从冰窖里逃出来
靠近了火炉
我只是从黑暗中逃出来
进入了星空

……我刚刚穿过的不是夜

是夜的黑袭斗篷

巴丹吉林沙漠

一切潮湿都会消失,包括
皮肤和眼睛里的雨雪

脱掉鞋子和发饰
将藏匿的沙粒归还

褪掉衣衫,裸身躺下——
黄金的小女儿卧在黄金的母腹中
任风吹如大海,发舞如荒漠

一队骆驼优雅的叩击
和几丛荒草苍凉的加湿
点数流动的光阴和曲线

"我们是同质同色
雨雪不侵的胴体!"
爱上沙漠的金缕衣和吞噬

在焉支山

他们挡住焉支(胭脂)
她们挡住山

他们集体
挡住石碑上的刻字

没有文字的山脉萦绕着
马蹄、哀歌或颂诗的回声

苍鹰衔着
火焰和雪

从 QQ 或微信圈出发
飞往古匈奴

被分享的仅仅是汉文
而非泣血断魂的胡音

2014 年 10 月 16 日至 25 日

阿尔山诗章

在玫瑰峰

我的花园里开过很多玫瑰
也开过别的花

但你——
称它为玫瑰园

现在,在玫瑰峰
盛放着紫色的雏菊、韭菜花

和玫瑰红的柳兰
唯独没有玫瑰

但你——送我什么花
我都视同玫瑰

并珍藏:我与山峰的
玫瑰色皮肤、血肉和骨骼

国门口岸

风是自由的
河流是自由的

越过铁围栏的
目光是自由的

伸过铁围栏的
双手有短暂的自由

蹦跳进出国门的
兔子有完整的自由

只要别对着哨所
我们的拍摄有完全的自由

穿越大峡谷

穿着高跟鞋过大峡谷
越陡峭,我越视为平坦

岩兔越过苔藓蹦过来
大花小花一起开

风抚着石群
唱着沧桑的歌

我们在石上留下
新鲜的字迹

"卓尔,慢点!
路险,鞋滑

穿过这个大峡谷
所有的路都是坦途!"

鹿鸣湖

镜头里有我和你们的廊桥
记忆中的雪和斑驳的铁船

有栈桥上驻扎帐篷的夫妻
和与萤光色的旗呼应的裙

我们在白茫茫的芦苇中间
或玫红色的柳兰、罂粟前

站成一排抒情如呦呦鹿鸣
蓝天白云醉湖如呦呦鹿鸣

延伸出最完美的角度撷取
我们理想家园的各种元素

眼帘、画面、歌声、诗句
眷恋着这个世外的理想国

石塘林

我以为把绿色披在身上
繁花只管在绿上开放

我以为绿孔雀只开在梦里
却开在这深褐色的火山石上

我以为幽泉只在地下歌唱
却原来地铁冒出地面成为轻轨

林木以各种姿态赞美地表
河水携映无穷风光

我只在石塘林掷下一个小时
却凝聚了亿年的沸腾岩浆

爱的眼睛与文字会像苔藓
坚定地长在石上

骆峰岭天池

我们不在驼峰上

这些城里来的披巾
摘下墨镜变幻成各色天仙

和蓝天白云一起
醉入天池

在水面上飘浮的火山石
是一律的褐色

我们一路所见的永恒
一路存在

眼里醉饮的圣泉

将俗尘洗尽

人人皆成神仙

杜鹃湖

取景框对着飘动的绿绸
绿绸上的金线、睡莲
和金线、睡莲之间的树叶、鱼群

野凫、灰鹤、天鹅
飞进来

多镜头拍摄
喷气碟、绳状熔岩、渣块熔岩及石海
白桦、蓝靛果忍冬、刺玫蔷薇

芦苇铺设了
它们与杜鹃之间的地毯

焦距对准一群仙子
她们在湖边写下诗
画上杜鹃花的床幔和小女儿

不冻河

你有坎坷的前世婉转的今生
有一颗不冻的心

温良的万千儿女

和俊朗的守卫

他们用各种身姿簇拥你
用各种语言喊你"母亲"

坐在你身边写生的小儿子
是我的好朋友

坐在你源头写诗的小女儿
是我的好闺蜜

所以,请允许一个外族人
也喊你——"母亲"

2015 年 8 月 14 日至 18 日

内蒙古诗章

海拉尔

一种花——韭菜花
一座城市的名字

我以为是绿色,但它是天空的蔚蓝
和建筑物的灰白、敖包的多彩

三角形的护桥石刻满恋人誓语
夕阳下的垂钓者守着三个渔竿

七个旅行者拍着散片
一个实物有七个视角

美景在镜头里
如美食在胃里

而一根独立的铁丝花和几撮羊腿毛
伤了我们的美颜相机和胃

巴彦硕呼草原

握一枚石子,绕敖包三圈
许一个愿

拜天拜地拜神灵不戴墨镜
朝圣的哈达和围巾不戴墨镜

成队的蒙古包成排的白桦树
各成阵势

高压线的阴影
罩着奔驰的摩托

治愈风沙眼
和过敏性鼻炎

我们坐在木栅栏上晒太阳
他们在抽女士香烟

拍这么多美片必须唱歌
喝这么多美酒必须写诗

三潭峡

不见夏花
但见秋月和冬雪

和松鼠遗落的果实
禅人的松针

画眉鸟
把玉米藏进树皮的屋子

有人航拍全局
有人俯拍细节

呼叫格格
我又来了

为异乡归来的河流
送上红纱

为满目的金枝
献上颤栗的呼吸

草垛子

冬天
把草原围进了栅栏

旅行者在金色的草垛旁
拍上得意的照片

我们的暮年在回忆青春

辜负了春花夏草
还将辜负秋月冬雪

我们将继续相互辜负

抽烟的人沉默不语
喝酒的人泪流满面

买单者一声哈欠

蜜蜡姑娘

穿绿色长裙的蜜蜡姑娘
她的宝贝都是金色

春夏到了秋天

黑色波斯猫
亮着两颗金色的眼睛

走在罩着蜜蜡的
玻璃柜上

乌云流过满洲里的太阳

她说：
这是世上最轻的宝石

而诗人醉心的流萤和灯火
没有重量

影子越过国境线

马蹄被拴
不能跑

两只奶牛
抵角

三道铁丝网
一条界河

摄影者拍下
越过国境线的

大雁、松鼠
和自己的影

眺望边境线

额尔古纳草原的金色和头顶的蓝色
包裹着我

把我变成
羊羔、云朵、松鼠和大雁

自由穿越
边境线

骑士和旅者止步于此
徒有奔马和列车

仅能把歌声和镜头
投向那一边

拍星空

北纬 45 度

额尔古纳河右岸与左岸

中国室韦和俄罗斯小镇
都已关灯入眠

在阿穆尔客栈露台
一群诗人

拍星空
手机、相机各显其能

从不同角度拍下
不同的美

以软模式和硬模式
发微信朋友圈

我远在异域的同学留言：
"祖国的星空大美啊！"

根河敖鲁古雅部落

过了开花的季节

游蛇和蜱虫都进入深眠
动物们都在笼里

旅人一无所惧
在茫茫的金色中穿行

镜石和流水以本色
映着金

很快,冬要给一切盖上白厚被

而春会叫醒沉睡者
并为之换上新衣

我不能一直感受美

白桦树真美啊
她的树干美叶子美

白桦林真美啊
晴天美雨天美雪天更美

动物们都冬眠了
我彳亍而行

年轻时爱过那么多诗
现在一句都不记得了

你看这画面这么美
我却冷得想死

一瞬和一生

绿皮火车
穿行在金色森林里

我们一分钟前坐过的铁轨上
还有余温和冷颤

风要走十万里
吹一亿次

才能说:"我很老
但依然年轻!"

你只需按一次快门
就能让它们在我心里永生

2016年9月20日至27日

欧洲诗章

回想阿尔卑斯山的远眺

小窗独自依栏
不亮

雪来照耀

红狐和黑犬跑过窗前
你换上新艳的衣裳

和一切生灵走向教堂

有人拍下这一切
和白雪一起保留

至未来的无数个夏天

列支敦士登

山顶的古堡
不是一个国,是一个家

侍卫爱的不是国王
是公主——

飞速出逃的心
爱上缆车而不是骏马

她穿着骑服当平民
换游人去当贵族

相机的定格如拉下的电闸
使下来和上去的人悬在半空

公主暴露了邮票上的国家
游人暴露了劳力士表和假牙

圣马力诺

山顶上的国家
像教堂的尖顶

观光的人成为风景
惊讶随坡度增加

总统府门前的婚礼
胜爱国集会

胸挂相机的游人在半山腰品酒
将惊喜装进首日封——
信里有蓝天、法拉利和异域的风声

头戴仙客来的少女
在国家的制高点上歌唱——

歌中有古道、山峦和东方的海洋

我在中世纪的石匠家里写诗——
"太美了，美得不像现世！"

梵蒂冈

世界上最大教堂最小国家

住着神和离神最近的人
石像和数不清的瑰宝

米开朗基罗设计的卫兵制服
500年来都时髦

广场上耸立着一座方尖碑

天下的无限内存
装不尽这里的圣光

"仪式结束，你们离开吧！"
"走，我们出国理发去！"

罗　马

从梵蒂冈出来
赤脚走在罗马后花园

绕过古道遗赠的轻音
和随处耸立的石雕

不惊动青苔、光斑
残石下的脸

和马匹、摩托、轿车
沸腾的风情

不惊醒拉斐尔
在万圣殿睡去的几百年

和丹青们绘出的圣袍
它的明暗褶皱、纵横向

千万个我走出
条条道路

许愿池接纳了
我越过肩头掷出的硬币

卢森堡的雪

在八月的武汉
我储存了八年前卢森堡的一场雪——

暮晚，站在峡谷之上的阿道夫桥上
我看到的都是白雪和灯光

冷啊，我躲进旅行车
隔着窗玻璃
望了一眼大公府两眼自由女神

就离开了卢森堡

每次回忆卢森堡
我脑海里都是绿色森林、灰色古堡、金色女神
真实的看见仿佛只是一场梦

原来,武汉的八月消融了
我那晚拜访的卢森堡的雪

布鲁塞尔广场遇见

我以前没有爱过
直到那天中午在布鲁塞尔广场
一位金发碧眼的男子旋风般经过

我跟随他好久
直到导游麦克风讲解
马恩起草宣言的天鹅餐厅

我还没来得及脱团
一个乌托邦就走远了

在阿姆斯特丹

荷兰的风车从明信片上
转到我的风衣后面

——芦苇摇曳海水

惊慌的双眼躲闪

在阿姆斯特丹河流两岸

我羡慕橱窗女郎的脸蛋和身材
却羞见博物馆裸身骑车的模具

——喜爱美貌却羞于裸体

在这自由的国度
性和毒品依然是我们的禁物

所以,我只赞美荷兰的风车
郁金香、奶酪、木鞋

向日葵和凡·高

替凡·高写一首给荷兰的诗

海水贡献的,这个国度惊人的修辞学:

它的湿气,洼地,风车
它的木屐制造厂,钻石加工厂
它的奶酪,鲜花市场
和有营业执照的性,毒品,自由

……这么富有和盛名
却独欠了一个画家生前的公平

我从阿尔回来
没找到左耳,却听到麦地里的一声枪响

荷兰不过是在我这里应验了世界普遍的规律：
让庸才长寿，让天才早死

这不同的爱，让植物付出的直接代价是：
纸上的向日葵比地上的郁金香贵得吓人

顺便说一句，我的星空不是神经质的
它依然是荷兰血统的

琉　森

白天拜见碧绿的琉璃
和琉璃之上的天鹅、廊桥

夜晚在琉森湖畔的咖啡馆
吟唱初恋的歌

开花的枝型灯下
我爱上美丽的陌生人

前世要怎样修行
后世才投生在这里

在这里吟颂歌赋离曲
在这里生儿育女、幸福终老

我抚摸胸口的琉璃
仰望教堂的尖顶

不仅仅是两只耳朵

空气也受钟声圣浴

巴黎碟影

八年前,我录影的巴黎是大众的:
拿破仑、蒙娜丽莎
凯旋门、爱丽舍
拉丁区、蒙马特
新桥、左岸
……
高高的爱菲尔铁塔下
站过抬头即掉帽的人

镜头打向塞纳河底保罗·策兰的最冷色
蒙太奇闪回红磨坊演出前的入场细节
(绅士接过身旁女士的貂皮大衣
挂在蓝丝绒垂悬的衣橱里)
覆盖恋人面颊的唇印
也点缀着王尔德的墓碑
巴黎依然是大众的

直到同行找不到卖场的出口
香奈儿弥漫我的东方丝绸
而退税店里法国人的眼神
使巴黎之旅具有私人性

以防它一公映就淹没在流行碟影中
要署上如下标题:
"我也到底是有一个巴黎的。"

水晶变回玻璃

是玻璃,不是水晶,也不是钻石
我爱它的脆弱胜过它的坚韧

让水晶恢复到没被切割时的原状
恢复它的玻璃之心——那锋利的本性

浮在云端的水晶球和它的观察者
——你们捏造的绯闻,你们暴露的妒意

一个人背弃了青春
喋喋不休地炫耀拥有它时的光芒

把玻璃切割成水晶戴在无名指上
让疼痛和寂寞成为醒目的首饰

文明,占有了光芒却忽略了它的清澈
天鹅,这雄性的神鸟占据着雌性的切片

江河不爱它奔赴的大海
玻璃不爱它变成的水晶

在德国喝黑啤

我从不喝酒。黑啤也不喝
但如果是黑海,我愿意

我不胜酒力,也不会游泳

但偶尔会拿生命去赌

总要喝一喝，不然总不是诗人
总要赌一赌，不然总不是赌徒

我的身体摇荡着大海
和泡沫

一路上
都有人唱着我听不懂的情歌

即便没有爱，我也要寻求重生
在途中，或摇晃的酒杯里

2013 年 8 月

埃土诗章

伊斯坦布尔

我们坐在海边,海鸥坐在海上
我们享受吹拂,海鸥享受荡漾

古城堡享受斑驳,老皇宫享受奢华
皮服享受抚摸,珠宝享受觊觎

欧亚大桥享受连接,远航货轮享受畅通
大巴扎享受小智慧,舞娘享受性感的舞姿

流浪猫享受天上掉土耳其馅饼
解说者享受自负的民族主义口吻

我们惊叹两次:
一次为天赋之美,一次为人为之悍

石雕上的古埃及

法老坐在太阳船上巡游尼罗河
渔民在灯芯草丛中捕鱼
妇女在摘葡萄、烤面包
艺术家在刻浅浮雕、绘画
登记员们在纸莎草上

誊写建筑神殿与墓地的清单

舞蹈家舞动
巍峨的羽冠和宽大的钟形袍
木乃伊戴着华丽的面具
手握权杖和鞭

沙漠生养沙子
河水生养波涛
文明在古埃及生养象形文字
神殿、金字塔和方尖碑

而石头雕出的不过是同一归宿
所以,后来,有人用方尖碑
换了一座时钟

太阳船

一种神圣的交通工具,像太阳一样灿烂
(史载用它护送法老往返现世与彼生)

一个被祝福的神座,像太阳一样西沉东升
(仅供现世仰望彼生,不予触摸与乘坐)

一件没有一粒钉子而用绳索固定的木质艺术品
(从此到彼,道路是由永恒之光牵引的绳索)

金字塔

一路上都是荒漠

我没在荒漠上骑过骆驼
但在纸莎草做的书签上
写过诧异的句子——
从塔底到塔尖
不可思议的前世今生

塔边的太阳船
是神派遣的幻影
它彩绘的天文
不为别的
只为万物舒展永生的奢念

木乃伊

"我们太爱永生永世,才有这样的姿势!"
这样沉睡的姿势——
等那个许诺过,却不曾回来的
灵魂,它曾经借用一个鲜活的身体——
和人世相亲相爱、纠缠不清!

"亲爱的,我们的一切都完好地保存着,
你应该认得回来的路!
可是几千年都过去了,你在哪里呢?"
"如果灵魂自己不会回来,那么无所不能的神啊,
你来叫醒我,解救我!"
"把我磨成药粉,从绝望里酿出奇迹!"

这一个个被弃的身体啊,这一个个龇牙咧嘴的身体!
这一个个看似不朽实则已朽的身体!
我们永生的愿望多么狰狞,多么悲壮!

纸莎草

在浅水中撑起一轮轮绿太阳
这太阳有烟花的形状——
开淡紫色小花,结三角形瘦果
茎秆的剖面似金字塔
造船、盖房、织席、编筐
地造的田园生活
——小船儿尼罗河荡金波!

永生的愿望像死亡一样急迫!
请别着急,
太阳在地下不仅是石头
也是纸莎草!
天赐的纸莎草
——以前我们用石头,现在用纸
现在的以前用纸莎草的肉体!

亚历山大港

绿色的海浪滔天,和湛蓝的天空缠绵
倒掉的灯塔、废墟上的城堡
以倾斜的玻璃面作顶的图书馆
吸纳天光、海色和朝圣的人群
热情的阿拉伯兄弟姐妹
深情的海边情侣
和飞翔的海鸥、停泊的轮船一起
成为亚历山大港至美之景

旅行者身体的门窗,飞出灵魂
鸟和惊呼
——仿佛回到前世遗落的梦境
和家园
一片绵延的金色、绿色、蓝色的
光线与波浪
扩大它的眷恋——
悬浮的白云眷恋开阔的海面

奔赴到红海

我体内的河流
奔赴到红海

置于海边的竖琴
召唤我体内的河流
奔赴到红海

流程外的北非之美
无与伦比

我从五千里外飞来
用五千年前的埃及石雕术
雕一座沙堡

红海日出
开城迎接
雪野外的被禁之物

致红海

你永远不会独自欢欣。风拂过
白色、黑色、棕色、黄色的天使
和你自己心底的红色
与碧波、蓝天、皓月
美有不朽的传承——
我们拾珠贝、唱歌跳舞、写诗
——写下对你的朝圣与爱慕

你永远不会独自浩瀚。不是雨
而是我们,携带几万里浩荡的
河流蜿蜒而来:海在海里
浩瀚有不朽的名声——
向鸟群问安的晨星,向大地问安的旭日
甚至被你淹没的沙滩和名字
被岁月淹没的诗句

观众学跳肚皮舞
　　——在土耳其民族歌舞晚会间隙

"最好的模特
像鸵鸟一样:翘臀、塌腰
这也是肚皮舞常见的姿式。"

舞娘抖的碎步
及得上鸵鸟的大步子优雅
观众的拷贝却如不同的呆鸟

身陷陌生之地。导演舞剧之人
先嘻嘻哈哈说荤话
再正正经经写素语：

记下来了吗？鸟们
树有太多的舞姿——
我爱，但与性无关

2010 年 12 月 17 日至 25 日

俄罗斯诗章

旅行之歌

一部独立的时间简史
一份前世的眷恋与忧伤
一份来世的憧憬与惊喜

——崇高而蔚蓝的上升
——卑微而灰暗的沉湎

仿佛迎面而来的前世爱人
失之交臂的惊鸿一瞥
起伏跌宕的万丈豪情

你看,大地无限辽阔
像我们的孤独

近似白夜

第一次触摸到永恒
第一次走在永恒之中
第一次如此惊喜
又如此绝望——
黑色的波罗的海
红色、绿色、黄色的松汁

一瞬间罩住的小虫
一瞬间的爱和它的斑驳之影

哦,异域!
即便在不会黑的白夜
琥珀也不会还原成松树的眼泪

彼得堡

阿赫玛托娃写过:
"此用花岗石建的城市,有光荣,有灾祸。"

芬兰湾的皇宫和涅瓦河畔的群厦
没有我的童年
也不会有我的暮年

教堂里更没有我的信仰——
不能接近或触摸的塔顶或桂冠
皆是电影里俄罗斯马戏团的洋葱头(造型)

我这朝圣的旅行者,痴迷
曼德尔施塔姆童年的腮腺炎
普希金的皇村中学
季赫温公墓里的陀思妥也夫斯基、柴可夫斯基
和运河上半狮半鹰的怪兽

——嘴叼吊桥的铁链
供我抵御波罗的海——九级浪!

托尔斯泰庄园

雅斯纳亚·波良纳的森林
光斑如闪烁的金箔

以俄罗斯口音朗读
它主人的杰作

俄罗斯的
风也一直说着俄语

池塘、白桦、苹果园……
是托尔斯泰的

装满雨水的木桶里
倒映着一个农民的面孔

而储藏室改成的伏案间
回忆录的纸张再造了一座森林

他游泳、扶犁、打猎、做靴子
教育农民的孩子

……最后,以出走
"远离可耻的奢侈生活"

长眠于此的,是暴风雪夜倒下的托尔斯泰
亦是我未见过面的祖父

普希金铜像

莫斯科、彼得堡,还有其他地方
都有普希金的青铜像

我每看见一次
就听见枪声之后诗人倒地的声音

然后是:刺眼的白雪、惊心的鲜血
映照普希金夫人被绯闻缠绕的身影

我敲敲脑袋:不能被如此画面占据
要一直爱青铜塑的这人不朽的灵魂

教堂唱诗班

和声——点燃傍晚
傍晚之后的所有灯盏

万物喜乐——
被施洗,仿佛重生

浮尘都庄严肃穆
仿佛蒙恩之人

——眼睛里的苍穹
——灵魂里的圣歌

我无以表达一二

唯写诗唱诗,如圣物发光

在万米高空回想阿利卢耶娃之墓

大理石的墓身、石膏的头像
那么洁白,那么绝望
——像万米高空的回忆
光辉万丈又迷茫万顷
——像高纬度的白夜
黑不下来

一声响在领导人身后的枪声
制造了一个神秘的死亡之谜
——仿佛玻璃罩下的石膏头像

圣洁的斯娜杰日达·阿利卢耶娃墓碑:
单独的传记,拥有一批不知谜底的小注

俄罗斯印象

火车与雪
我走在童年看过的电影里

教堂与诗
受洗的灵魂和身体

决斗的英雄
跳舞的白天鹅,唱歌的卡秋莎

新娘的超长轿车

代替女皇的豪华马车

(她的婚纱白胜雪
长似火车)

我称出门的少妇"安娜"
写诗的母亲"阿赫玛托娃"

2011年7月底8月初

美国诗章

夏威夷

太平洋上的一串绿宝石

由火山岩铸就
无蛇,有蜈蚣,所以鸡成为神物

饰鸡蛋花、食诺丽果的圣女
有红珊瑚、黑珍珠的私藏

大风口
或一天数次片刻的微雨中

一位诗人要游成
夏威夷的美人鱼

仿佛没见——
金身的国王
永远降半旗的珍珠港

洛杉矶

耸立无头无足女人胸像的名品街
簇拥比华利山庄的豪宅

我没买一粒橱窗里的宝石
也没摘一朵墙外的红杏

只替万里之外的祖国花朵
拍摄镶饰李小龙名字的五角星

好莱坞的摄影棚、4D 电影告诉观者：
恐龙、猿猴、山洪、地震、空难

是假的
仿佛我们流过的血、泪是假的

唯美元是真的——
"神佑我们：天使之城！"

在科罗拉多大峡谷坐直升机

一上午，我们在候机坪
等待像蜻蜓那样起飞

在直升机的最高音
和船舶的极低音之间

飞过辽阔美利坚的
峭壁和河流

假装听不懂得意的英语
只懂退缩到绝壁的印第安歌舞

我坚持用中文说
上帝在此部分复制了我们的新疆和黄河

在拉斯维加斯的两个晚上

沙漠不开花
却长出金子和都市

赌徒遍地
怡情或一掷千金

我们都是潜在的赌徒
在拉斯维加斯的两个晚上

亲见老虎机
吞吐绿钞和钢镚儿

十、千、百、万……
是数字,也是手纸

我更着迷于
体内的升降机

在通宵达旦的乱流中
颠簸、轰鸣……

观尼亚加拉大瀑布

银河跌叠
在此

河流之上
坐直升机的游览者

飞瀑之下
站观光轮的蓝雨衣

同观
一个浩瀚的国度

驰骋水雾
和惊奇的白马群

给怀揣国籍者自由的光芒
和受圣浴的面庞

国会山门前公园

国会山门前公园
比国会山抢了更多镜头——

一对父子在玩球
一对母女在看书

数只松鼠随着自己的性子
爬树、追球、逗孩子

有的还跑到我的镜头前
不在乎我手里是否有花生或松果

一如街头各色行人般自如:
"Nice to meet you!"

它如开口,也必是标准的
美语

纽　约

美国有的是苹果
纽约就是一只大苹果

在苹果上奔跑
就是在天堂里奔跑

天堂也有流浪汉,也有临街烧饼
地摊五元货

我不买华尔街股票,也不买第五大道名表
只买苹果

只有苹果是智慧之果
只有苹果是众口之福

人们手里都拿着苹果
我看到的苹果都被咬了一口

远望自由女神像

人群有
大海中见到陆地的狂喜

人海中见到神光的旖旎

但无帽子可挥舞
只留下女神作背景的特写

我想拍女神
可神总是太远,只充当人的道具

鸥鸟啊,
你栖过女神高举的火炬
沐过女神头顶的七道尖芒
还阅过女神手中的宣言

告诉我——
为什么女神怎么看都像男人?

我以胸花代帽飞向女神
它要测出我们离她到底多远!

在芝加哥的上午

早餐后,我在芝加哥的密西根湖畔
碰到了武汉的东湖
鸽子和落叶飘落肩头

芝加哥河两岸的建筑
高耸于云端和解说者骄傲的叙述里

飞机在天,跑车停在空中
有人喝咖啡,有人聊天

三三两两的跑步者
跑着脚下的路

八九点钟的太阳
就如此炫目

我戴着太阳镜
迎接更晃眼的中午

文学城爱荷华

在异域的初冬
不断倒时差、结绳记事

一位如我一样的朝圣者
在创意写作里和文学大道上

嘴上念着自己的诗句
双脚走过石刻的名言

一位研究转基因的年轻学者
在诗人聚会上弹古琴

一位在爱荷华学影视的留学生
去了美国之音

数位作家朗读
作家工作坊的典藏

廊桥处处,玉米桩桩
教堂的钟声响当当

我在蓝天白云间
呼啸出一缕川味馆的中国红

……一挂送给聂华苓的
中国结……悬挂在爱荷华

万圣节派对

我旅行到了童话世界
受邀参加万圣节派对

人们喝着红酒
跳快舞

红衣的圣女,绿衣的巫婆
穿梭其中

一个仿佛失常的人
反复进出

我这个来自尘世的诗人关掉镜头
加入群魔

有人露出獠牙和亮嗓
我吐出心声——

远方的白天啊

你没有自由的舞台
我也不愿应节而舞

美国农场

蓝天白云之下
遍地玉米桩

房子是散落在地上的
天使雕像

来自七大洲四大洋的行吟者
坐在游览农场的铁蜈蚣

的草垛上
拍天拍地拍玉米桩拍房子拍人群惊羡的表情

我的挥泪成雨的父母啊
我的小猫小狗啊

你们替我堆过的草垛数过的星月
我都写在诗里

不料被美国的农庄翻拍,
并且艺术处理了!

Tim 家客厅里的橄榄枝
和书架上的书签说——

"你是世界的光!"

我假装是这儿的主人

（但农场主不是我表亲）
坏了，坏了——

美国农业的草屑
坏了我的工业镜头

2012年9月至11月

尼泊尔诗章

纳加阔特的群星

天气终会顺人意
微雨过后

升起的红月亮
可以安抚今晚

登高的人带来万寿菊、啤酒瓶
多拉克鼓、萨伦古琴

今晚高岗上的运草车
载着自由的男女

和喜马拉雅的雪山
与群星

星星说

在班迪布尔的酒店露台
我和星星唱诗

很多年前我是这群
最高星辰的闺蜜

今晚
我仍是她们的妹妹

我们在喜马拉雅的苍穹里
传诵着汉语和尼语的美妙诗篇

班迪布尔的钟声

她用手
抚摸了一下钟

银手镯
碰响了古铜

身旁走过一群
肩驮巨木板的女子

瞬间
带她进入中世纪

那里备有烛台和灯盏
那里神在低语，雨在下

那里是我们的幼年
和未曾回过的家

班迪布尔的云雾

我们住在班迪布尔的

山冈上

穿着喜马拉雅的
云裳——

这么多曼妙的白绸
也一定出自古镇里

那群车白布的
裁缝

参天古树下的离别背影
成为旅行片的艺术海报

祈福声和我遗落在此的
钟形银耳环

会是我下次重临仙境的
指南

费瓦湖上

我们划过博卡拉的
蓝天白云和群山

划过一只蜻蜓两只蜻蜓
一群蜻蜓

点出的圆圈
和鸟的翅膀与飞机的航线

上岸前我抚摸了
戏水者荡过来的涟漪

又拍了一摺
垂钓者坐拥群山的倒影

博卡拉的蓝眼睛

博卡拉的宝石店店主
用刚学会的中文

问我们结婚没有
还说自己 36 岁、未婚

……又一位店主
叫蓝眼睛

"你好,你很美!"也是
博卡拉统一的外交语

英俊的店主啊
因为你的热情

我和我未婚的姐妹
会买走你的蓝宝石

加德满都的猴

在一家写字楼的大院

有一只猴子
在悠闲地散步
我们惊喜地对着它拍照
它气咻咻地跃上围墙
把铁皮掀得轰轰响

无独有偶
在斯瓦扬布纳寺（猴庙）
有人的镜头对着睡觉的猴子
咔嚓响
被吵醒的猴子
愤怒地站起来推着身边的木栅栏

我想，谁要是在我的地盘
对着我又是拍照又是尖叫
我也会烦

加德满都的梦幻花园

白色的围墙把滚滚红尘
挡在泰米尔街区

入园的柱廊里
摆放着精致的雕像

左边的斜坡草坪上
躺着望天或看书的青年

右边的池塘里
铺满碧绿的睡莲

长廊旁有美人蕉、天堂鸟
有站立的象雕、亲吻的情侣

青藤挂满白柱和红墙
蜘蛛悬在它们隐秘的吊床上

北边酒店的罗马柱前
站着一位大理石女神

我辨不出她的洲籍
但我认出了她的自由之姿

尼泊尔妇女

她们擦洗木刻和浅浮雕
她们背运货物

锃亮的紫色茄子和绿色苦瓜
堆放在琳琅满目的店铺前

喜马拉雅南麓的
流云和常住雪啊

罩着你鲜艳的衣裙
和沉默的首饰

我们在滑翔机或滑翔伞里
看到的处女峰

投影在大地的经幡上
和湖泊里

雄鹰飞翔在高山之巅
你们匍匐在神庙周围

天空、大地之眼或
唵嘛呢叭咪吽

游巴德岗论肉体与灵魂的统一

游了巴德岗杜巴广场后
我们在古街逛尼泊尔服装店

一款赭红色长裙和绿色外披的
两件套吸引了我们

赭红色长裙质朴简洁
绿色外披则有着

五十五扇窗那样
精美木雕的镂空与繁复

我却单单爱上了
绿色外披

可我不能只买走它的外披
而摒弃它的内衬

或者用它的外披

去配别的内里

就像我们爱一个人
不能只爱她的美貌而忽视她的灵魂

在帕坦博物馆寻找马拉国王的寝宫

我们拍了杜巴广场上的鸽子、人群
和博物馆的铜雕、木雕、石雕

还以一处庭院里的石池、石柱
和大石块作背景拍了合影

后来,在花园喝咖啡的间隙
又拍了粉色、紫色的曼陀罗

为了参观西露所说的国王寝宫
我们在博物馆的里外又寻了一遍

最后,在石狮护卫的
黄金门前的指示图上发现——

我们合影前的大石块
才是一个王朝遗留在露天下的眠床

尼泊尔的风铃

像穿过门帘的电话那般
有着蝴蝶的轻颤和飞跃

彩色羽毛铺满天
风铃突然空荡荡

苍茫的人世啊，你供奉的神
可听见我的摇铃声

旅行者眼里噙满小星星
双手攥着喜马拉雅的风声和流云

在回国的航班上
写着给尼泊尔的骊歌

行万里路与读万卷书之区别

从加德满都到昆明的
傍晚航班

可以看到半小时的雪峰
一个小时的繁星

我和上过珠峰的人
一样相信

珠峰从此不在心里
而在脚下

繁星不在天上
而在身上

尼泊尔归来

纺纱织布
打磨木雕、银饰

造香纸、画唐卡
做陶艺

古道上走着背筐的
赤脚女子

神庙外坐着用逝者骨灰
涂抹全身的苦行僧

从尼泊尔归来
出丽阳三天、下豪雨三天

失眠三夜
头疼三天酣睡三天

闲置的仙人掌花盆
长出菩提树、佛铃花

和慢节奏的老灵魂

2017 年 9 月至 10 月初

大孤山也可以是大别山

去江夏路遇所有的雨

这一天
我们去了三个地方

去小朱湾时,小雨
去龙湾时,中雨
去东篱老屋时,大雨

回程中,过梁子湖大道时阵雨
过民族大道时,毛毛雨
过楚雄大道时,太阳雨

我们的衣服湿了,又干了
我们大笑

大余湾

俞伯牙先祖的发祥地
和岳飞的世系遁隐村

后来成为
婺源余姓的迁居地

现在,石砌屋的深闭后院
和清冷前庭

已没有床幔、戏台和
官车的吱呀声

抽自制烟的老人
和玩手机的孩童

不再捕捉萤火虫
不再追赶流星

新派的画家和摄影师
不单工笔古木与流光

还聚焦墙头草
和瓦上花

而学究们
则专注墙角的几堆草绳

车一直开

我们在乡路上
拍金色银杏树

后面开来一长条
戴白花的车队

我们迅速上车往前开

它们不在后眼的视线里了

但开白花的山茶树
却出现在眼前

山下民居、山上墓碑
都是白色

像遇到冰刺
我突然感到冷与痛

后来到了一片棕红色植物的草场
我还是不敢下车

我害怕这些天鹅绒的毯子下
有午休的亡魂

五年前大姑山的二月三日

送姑姑去火化的途中
太阳大得刺眼

快到火葬场时
突然一声霹雳下起雨

像是炮轰下来的

红色的棺柩排队
推入火化室

我扭头看外面
又是刺眼的大太阳

一个小时后
表弟捧出的瓷坛

白得刺眼

而天阴下来
下起了暴雨

直到我们跟姑姑
找到一处松下的新家

雨才停

重阳节龙王尖登高有感

菜市场想着龙王尖
线装书里也想着

木兰故里的纺车
和兵器也想着

秋天的寂静与辉煌
被十分钟一次的城际高铁

减破

登高远眺的人

拍着夕阳中的古寨遗址

遍地植物,唯缺茱萸

义门陈村

山川有姓氏,故土也有
比如,义门陈是陈姓祖居地

五祖祠仍在原地
陵园已然清寂

而分庄纪念碑
在西边高耸入云

一口管三千九百余人伙食的
大铁锅自梁上摔成二百九十一片

自此江州的一个大色块
漫延成华夏的点彩

只有淘米池仍旧映着
悠悠蓝天和乡愁别恋

如今这村里
多是外姓人了

聪明的,身后别葬此处啊
因为太有名的故土不会改姓

夜入云居山

古木笼罩的盘山路
近似隧道

路边的点点小白花
似出游的满天星

又似高速路的
反光带

我们没看到云和云居寺
也没见到蝉和真如禅寺

但见黑灯的工地
开路的挖掘机

和拎着砍刀
与酒瓶的山民

德安博物馆

隔着几千年几百年的物与人
此刻只隔着玻璃罩

我不敢细看
我害怕博物馆里的一切

比如，在红漆棺木里的星宿图下

睡着的女子

和她一起入睡的彩冠、素罗
一对粽子和三条卫生带

已经睡了七百一十五年
并且还将睡下去

还有睡得更久的青铜剑
青白釉点彩粉盒在别厅

还有将要出土的
如此种种，让我羞愧

我为本该速朽的欢爱、血迹与名声
成为不朽的展品而羞愧

访陶渊明故里

导航搜不到
一路并列着电线

驱车驶过吴山镇
走上河堤和田埂

南山已见菊花未开
鹅鸭戏水竹影摇曳

金柿树下的多彩布衣
飘荡在石刻的诗书上

我为金黄的稻田
拍上青色的天际线

每一个弯腰田园的农人
我都视作归隐的陶公

导航寻大孤山不遇

大孤山也是有掌故
有姓名和 ID 的

导航指从吴山镇出发
过八公里乡路

及至目的地,路人和居民
皆曰:此大孤山

但见众山挽袖依偎
济济群峰似大别山

谷地的河堤和稻田
飘起烧荒的浓烟

我们被逼回车内
热泪盈眶中想起

大孤山在苏轼和陆游的
鄱阳湖中

牵牛花编年史

灰墙上的
蓝色小喇叭

我梳小辫的童年
常吹它

我写诗的青年
常拿它做书签

现在我穿着
用它们缝制的衣裙

靠着墙头
给晚辈讲故事

2017 年 10 月至 11 月

广西诗章

南宁的自行车

从前,南宁的街上最牛的
是络驿不绝的自行车

至今依然

非亚他们的《自行车》同仁
在聚会后,骑上的共享单车

汇入了非机动车流

马山南院

这里有山水、竹林
和面向旧时光的老墙

有环广西的自行赛车
和世上最美丽的厨房

有自然岩壁的攀登装备
和世上最安静的书房

在黑猫漫步的午后庭院

我写下一首诗

看一个会唱歌的厨师
娶一位会绣花的姑娘

过大龙洞

他燃着黄鹤楼
过大龙洞

她亮着手电筒
过大龙洞

我闪着萤火虫
过大龙洞

先后经过大龙洞的光
先后被洞口的日光熄灭

霞客古渡

我们肯定走过古道
纵然没有马也没有马车

我们肯定吹过古风
纵然没有斗笠没有头帕

我们肯定在某处
有身影与霞客重叠

旅行者不仅拍了美图
还留下了相机的镜头盖

船行清水河
手里要不停地"咔嚓咔嚓"

过红水河桥

从上林到大化的公路两边
一边是紫荆,一边是木棉

紫荆和木棉把紫红花
别在她们后面的桉树腰上

三角梅在隔离带上
绵延相同的颜色

车至桥头
桥下是倒映火烧云的红水河

恐高者,放下相机
手抚心脏

我仰望山峰肃穆
你俯看河水浩荡

21 度

是冬天的武汉
与北海的温差

是酒店的名字:
它亮在夜幕里

像星际穿越的
环旋光影

是北海的纬度
和它四季的恒温

是候鸟们团购的
一个楼盘

如果你被春情折磨
就去海边裸奔

直到早潮淹没
道晚安的青苔

涠洲岛

我不确定是否到过这里
但我确定这些波浪从不曾分开

我不确定这里晚霞是否最美
但我确定人影只是大海的饰品

我不确定杀龙虾者是否心疼
但我确定虾背上是冒血的十字

我不确定明早是否有日出
但我确定海上有生生灭灭的泡沫

涠洲岛是一只海螺一件乐器
我确定——我确定

2017年12月下旬

附：阿毛创作年表

1988

开始创作并发表诗歌。组诗《情感潮汐》获武汉地区高校"五四"诗歌大奖赛一等奖，刊于6月18日的《武汉晚报》。

1989

大学毕业后，留校工作。开始在全国诗歌大赛中获奖。至九十年代中期，获诗歌大赛奖近二十次。

1990

创作组诗《为水所伤》《随雪而逝》等作品。
获"莺歌杯湖北青年诗坛优秀诗作奖"。
散文《永恒的瞬间》获《湖北青年》杂志社优秀处女作奖。

1992

获"海内外当代青年诗歌新人奖"。诗集《为水所伤》出版。

1993

创作《敲碎岩石》《两性之战》等诗歌。
组诗《雪落何处》获首届全国文学新秀创作笔会一等奖。
加入湖北省作家协会。

1994

开始小说创作,发表小说处女作《星星高高在上》。

1995

创作诗歌《我被黑夜的裙创造》《至上的星星》、长篇小说《欲望》、短篇小说《走前唤醒我》《包厢里的两性》等作品。发表中篇小说处女作《非经典爱情》。

1996

9月,成为湖北省作家协会合同制作家、武汉市作家协会合同制作家。10月,参加武汉市作家协会举办的长篇小说笔会,完成了长篇小说《欲望》的创作。

1997

创作《童年》《距离》《花朵与石头》等诗歌。5月,中短篇小说集《杯上的苹果》出版。

1998

4月,长篇小说《欲望》出版。

1999

开始一系列思想随笔的创作。6月,诗集《至上的星星》出版。

2000

7月,调入武汉市文联《芳草》杂志社任文学编辑。

2001

创作《当哥哥有了外遇》《雪在哪里不哭》《女人辞典》《午夜的诗人》《爱情教育诗》等诗歌及《玫瑰的歧义》《请把口红吃掉》《凌晨两点回家》等短篇小说。

2002

创作《我和我们》《由词跑向诗》《以前和现在》等诗歌,《冬天的写真集》《两个人的电话》等短篇小说及长篇散文《怎样温柔地爱与死》的部分篇章。小说《玫瑰的歧义》获《芳草》小说奖。

2003

转入专业写作。加入中国作家协会。

创作诗歌《仿特德·贝里根〈死去的人们〉》《宽容》、短篇寓言小说《一只虾的爱情》、散文集《影像的火车》的部分作品。

5月,诗歌《当哥哥有了外遇》卷入"新诗有无传统""口语诗是不是诗""是口语诗还是口水诗"等争议中。由此,《当哥哥有了外遇》频繁出现在众多文学期刊、新闻媒体和大学讲堂上,被评论界称为"阿毛现象"。

《爱情教育诗》获《长江文艺》"金天问杯"诗歌奖。

2004

创作《我是这最末一个》《在场的忧伤》《石头也会疼》《岁月签收》《火车到站》等诗歌。

《当哥哥有了外遇》的争议持续到2004年底,被相关媒体称为"2004年最重大的诗歌事件之一"。其中3月的《诗刊》上半月刊"诗歌圆桌"、《武汉作家报》、6月的《爱情婚姻家庭》及8月的《诗歌月刊》的"特别关注"等特辟专栏(专版)专议此诗。一些大学中文系的研究生就此诗开专题研讨会,认为该诗为诗歌怎样贴近现实、贴近生活、贴近群众提供了很好的范本,具有很大的研究价值。

10月,赴安徽黄山参加《诗刊》社第20届青春诗会。

2005

创作《献诗》《白纸黑字》《取暖》《波,浪,波浪,波……浪……》《时间之爱》(组诗)、《爱诗歌,爱余生》(组诗)等诗歌。

1月,长篇小说《谁带我回家》出版。5月开始了长篇小说《在爱中永生》的创作。年底赴欧洲访问。

2006

创作《火车驶过故乡》《唱法》《多么爱》《傍晚十四行》等诗歌。

1月,诗集《我的时光俪歌》出版。9月,诗文集《旋转的镜面》出版。

《2006年中国新诗年鉴》年度诗人重点推出诗歌《木头》《私情》《更多》《偏头疼》等。

2007

创作《红尘三拍》《肋骨》《病因》《家乡》《不下雨的清明》等诗歌。9月上中旬赴北疆,创作《北疆组诗》。

11月,"阿毛作品研讨会"在武汉成功举办。有关研讨会的消息、会议综述、阿毛作品的评论文章、评论小辑(专辑)及阿毛访谈,分别在《文艺报》《文学报》《文汇读书周刊》《南方文坛》、武汉电视台等近20种(家)文学期刊、新闻媒体上发表(播出)。

2008

创作《波斯猫》《夏娃》《艺校和大排档》《提线木偶》等诗歌。

组诗《爱诗歌，爱余生》荣获"《诗歌月刊》2007年度诗歌奖"。

1月至8月，《诗朗诵》《印象诗》《在路上》《单身女人的春天》《女儿身》等组诗分别在《中国诗人》《人民文学》《上海文学》《十月》《钟山》等刊物发表。

11月，散文集《影像的火车》出版。

1月起，兼任《芳草》文学杂志副主编。

2009

创作《玻璃器皿》《孤独症》《剪》《独角戏》及《爱情病》《纸上铁轨》等诗歌。

3月，获武汉市"三八红旗手"称号；9月，获第七届华文青年诗人奖，并成为2009—2010年度首都师范大学驻校诗人；11月3日下午，在首师大作题为《写作就是不断出发》的讲座；11月中旬，诗歌《多么爱》获中国2009年度最佳爱情诗奖；12月17日下午，在北京语言大学作《文学的根性》的讲座。

2010

创作《这里是人间的哪里》《一代人的集体转向》《发明一个童话世界》《埃土诗章》等诗歌。

1月下旬，赴哈尔滨、漠河、北极村、亚布力等地，创作诗歌多首。

3月，获武汉市十佳女宣传文化工作者称号。

4月1日下午，首都师范大学中国诗歌研究中心举办"与驻校诗人阿毛对话会"。

5月31日下午，湛江师范学院南方诗歌研究中心举办"阿毛诗歌研讨会"。

6月，诗集《变奏》出版。

7月3日，"首都师范大学驻校诗人阿毛诗歌创作研讨会"在京举行。

8月12日，参加由中国作协创研部和湖北省作家协会联合在京举办的"湖北女作家群创作研讨会"。

10月19日,武汉市文联举办"阿毛诗集《变奏》研讨会"。

11月29日《文艺报》专版发表题为《忧伤而优雅、坚毅而尖锐的女性之歌——阿毛诗集〈变奏〉评论》的专题评论文章。

11月,散文集《石头的激情》出版。年底赴土耳其、埃及访问。

2011

创作《从早到晚的日光》《挽歌》《自画像》《回故乡》《俄罗斯诗章》《青海诗章》等作品。

2月,散文集《苹果的法则》出版。

7月底,赴俄罗斯访问。

8月上旬,参加青海湖国际诗歌节。

9月至12月,参加鲁迅文学院青年作家英语培训班。

11月21日至24日,参加首届北京国际诗会。

11月,长篇小说《在爱中永生》在台湾出版。

获2011年度湖北省第三届时尚文化颁奖盛典"十大新锐时尚人物"荣誉称号。

2012

创作《树叶》《抒怀》《个人史》《来自饺子馆与书房的观察报告》《上海诗章》《美国诗章》等作品。

7月初,在上海参加中美青年作家交流。

8月,《阿毛诗选》(汉英对照版)出版。

9月,赴美访问。10月至11月,参加爱荷华国际写作计划。

诗集《变奏》获中国当代诗歌奖(2011—2012)诗集奖。

2013

创作《完美》《春天的信使》《田园》《将失眠》《以风筝探测高远

的天空》等诗歌。

获《诗选刊》2012·中国年度先锋诗歌奖；诗集《变奏》获第八届屈原文艺奖、希腊国际文学艺术学院颁发的 ΔΙΕΘΝΕΣ ΒΡΑΒΕΙΟ 2013 年度最佳诗集奖。

2014

创作《暮春》《总有一天》《致人间》《甘蒙诗章》等诗歌。
5月底，参加重庆举办的"中国诗集·全国诗人笔会"。
7月赴香港。10月赴甘肃、内蒙古考察。
获首届武汉市文学艺术奖。

2015

创作《长江两岸的星空》《光阴论》《栀子花的栅栏》《冬天里》《童话》等诗歌。
7月底8月初赴云南腾冲、瑞丽等地，创作《观大小空山有感》《和顺小巷》《烹茶铁壶》等诗歌。8月中旬赴内蒙古阿尔山，参加首届全国女子诗会，创作《阿尔山诗章》。

2016

创作《光影亲吻光影》《西津渡》《蜜蜡姑娘》《一个世纪的冬天》等诗歌。
8月至12月间，先后赴香港、南京、内蒙古、安徽、深圳等地，创作一系列地理诗歌。
入选"黄鹤英才（文化）计划"。
荣获"第一朗读者·最佳诗人奖"。

2017

创作《延村聊斋》《徐娘曲》《医院隔壁有禅寺》《雨天的奔马》

《每个人都有一座博物馆》等诗歌。

  3月至10月间,先后赴婺源、开封、杭州、香港、兴隆、德安等地,创作一系列地理诗歌。8月31日赴尼泊尔,作为期半月的文化交流。交流期间作《中国新时期的女性诗歌》主题发言。

  11月,获"中国新归来诗人优秀诗人奖"。

  12月下旬,赴广西采风,创作《广西诗章》。

跋

  在通向一座古城的高速公路上，我用手机拍着窗外的高压天线和鸟窝，突然脑子里飞奔出"我多年埋首书斋/到暮年才爱上自然"的诗句，然后在转入318国道经过故乡的车程中，我完成了一首名为"经318国道回故乡"的诗……

  其实，很多年来，我和我的诗歌就一直爱着自然。只是这种爱，从没有像这些年这样强烈持久；从没有像这些年这样，灵感奔涌，每至一处，即刻成诗。

  年轻的时候，我的诗歌经由安静的课堂、冥想的书斋、漂游的梦境、荡漾的心海……到达远方。它们大多在课堂、书斋和梦境里写出，而不是如这些年这般，由身体里不断出发的火车在到达山水人文自然的面前挥就。

  我所见识过的山水人文自然，在不同的时段，不同的心境下，有不同的景观。这不同的景观在我的笔下汇集成了诗集《看这里》。

  这部诗集，由故乡、武汉、外省及他乡异域为地理方位的四个诗歌小辑组成。

  我在诗歌《不断飘落的雪》中，用石头唤出的灵魂呼应了白雪的纯洁，而在诗集《看这里》，我用自己的诗歌唤出的灵魂呼应了自然的独特。

  我说，写作就是不断出发。是因为我的写作在不断的出发中，找到了福祉。

  所以，我每天都在重新出发，而这出发既是远行也是回家！

2018年春 武昌街道口

图书在版编目（CIP）数据

看这里：阿毛的诗歌地理 / 阿毛著. -- 武汉：长江文艺出版社，2018.3
　ISBN 978-7-5702-0077-1

Ⅰ. ①看… Ⅱ. ①阿… Ⅲ. ①诗集－中国－当代 Ⅳ. ①I227

中国版本图书馆 CIP 数据核字（2017）第 302239 号

责任编辑：谈　骁	责任校对：陈　琪
封面设计：川　上	责任印制：邱　莉　王光兴

出版： 长江出版传媒　长江文艺出版社

地址：武汉市雄楚大街 268 号　　邮编：430070
发行：长江文艺出版社
电话：027—87679360
http://www.cjlap.com
印刷：武汉新鸿业印务有限公司

开本：640 毫米×970 毫米　　1/16　　印张：17.75　　插页：6 页
版次：2018 年 3 月第 1 版　　　　　　2018 年 3 月第 1 次印刷
行数：6130 行

定价：46.00 元

版权所有，盗版必究（举报电话：027—87679308　87679310）
（图书出现印装问题，本社负责调换）